Karlas Freiheit

Charlotte Worgitzky

Charlotte Worgitzky, »Karlas Freiheit«

www.prospero-verlag.de

Der Prospero Verlag ist eine Unternehmung des Verlagshauses
Monsenstein und Vannerdat OHG, Münster

Satz: Thorsten Hartmann, MV-Verlag
Umschlag: MV-Verlag
unter Verwendung eines Fotos von madochab / photocase.com
Herstellung: Monsenstein und Vannerdat, gedruckt in der EU

ISBN: 978-3-941688-17-9

1.

Nein, das hätte sie nicht verdient: Einer, dessen Job es ist, andere mit aufgesetzter Trauermiene zu Grabe zu reden, plaudert über sie, als hätte er sie auch nur annähernd gekannt.

Gekannt. Wie gut habe ich sie eigentlich gekannt? Die Frage stellt sich nun. Scheinbare Gewissheiten werden zur Ahnung, dass da etwas ganz anders gewesen sein muss, als ich immer geglaubt habe. Als sie vielleicht selbst geglaubt hat. Wie wenig wir voneinander wissen. Ob sie diese Sehnsucht kannte, ein anderer Mensch möge alles über sie erfahren und, natürlich, alles verstehen? Eher versuchte sie doch zu vermitteln, andere ginge nichts an, was ihre Erlebnisse, gar ihre Gefühle betrifft, ich sei die Einzige, der sie manchmal etwas davon preisgibt? Und doch wäre ich noch vor Kurzem sicher gewesen, sie gehört nicht zu denen, die den Tod so sehr dem Leben vorziehen, dass sie ihn selbst herbeiholen. Darüber haben wir früher schon gesprochen: Nur eine nicht heilbare Krankheit, die Angst vor Siechtum und Schmerzen könnte uns dazu verleiten. Karla war doch nicht krank. Oder doch?

Mir graut davor, ihre Papiere durchzusehen, ihren Schreibtisch aufzuräumen, Schubladen zu öffnen und vielleicht Dinge zu finden, die mein Bild von ihr nicht nur bereichern, sondern womöglich verändern, sie mir fremd werden lassen. Ich hoffe, sie hat wenigstens das vernichtet, wovon sie nicht wollte, dass es mir vor die Augen kommt. Und ich muss dafür sorgen, dass ihre Schwester nicht achtlos beseitigt, was Karla wichtig war und mir wichtig sein könnte.

Diese Schwester, die Einzige aus ihrer Verwandtschaft, mit der sie noch ab und zu korrespondierte oder telefonierte. Sie sei völlig anders, sagte Karla; eigentlich hätten sie sich nie richtig verstanden. Immerhin kommt sie, um mir bei der Auflösung der Wohnung zu helfen.

Karla war meine älteste Freundin. Sie war mir auch die nächste, ich bin es ihr schuldig, zu ihrer Beerdigung etwas über sie zu sagen. Nicht zu viel, das hätte sie nicht gemocht. Aber auch nichts Falsches.

2.

Ich hab keine Probleme mit den neuen Verhältnissen.

Den Satz von ihr hab ich mir gemerkt; zehn Jahre ist es mindestens her, dass er gesprochen wurde. Ich war verstimmt, sagte nichts, ärgerte mich über mein Schweigen. Sie wusste doch, ich hatte meine Arbeitsstelle eingebüßt, und sie tat so, als hätte ich das mir selber zuzuschreiben. Unsere alte Diskussion: Sie wollte weder Ehemann noch Kinder, konzentrierte sich völlig auf den Beruf – ich versuchte beides zusammenzukriegen. Sie war die Richtige für die veränderten Bedingungen, immer arbeitsbereit, immer flexibel.

Wir saßen in einem der neuen Cafés; das hat seither schon zweimal den Besitzer getauscht. Sie bestand darauf, für mich mit zu bezahlen, und ich war zu schwach, mich dagegen zu wehren. In dieser Zeit hatte sie kein Gespür für andere. Manchmal war sie wie in einem Rausch. Einem Aktivitätsrausch. Das war natürlich etwas Besonderes: Während sich einer nach dem anderen in unserem Alter auf alle möglichen Arten aus dem Beruf gekippt sah und froh sein konnte, wenn er noch mal eine einigermaßen angemessene Arbeit fand, avancierte sie – als Ostfrau! – zur Chefin der Werbeabteilung in diesem Betrieb! Ich habe es ihr nicht nur gegönnt, ich habe mich für sie gefreut. Aber dass sie so unsensibel über die Einbrüche der anderen hinwegging, tat weh, das hat mich empört, stumm gemacht. Sie schien nichts davon zu merken. Manchmal, nicht nur an diesem Tag, habe ich mich gefragt, ob sie so etwas wie ein schlechtes Gewissen überhaupt kennt. Wie sie so dasaß, in den Korbsessel gelehnt (die jetzigen Besitzer bevorzugen Gründerzeitstühle), die Beine übereinandergeschlagen, den Kopf besonders erhoben, wenn sie an ihrer Zigarette zog, als wäre alles in der Welt in Ordnung, ein Jeglicher seines Glückes Schmied und sie eben ein besonders toller. Im Augenblick mag sie das ja wirklich gedacht haben, doch dass es immer so war, muss ich bezweifeln.

Wäre sie wirklich nur gewesen, wie sie sich meist – und offenbar gern – den Anschein gab, ich wäre, glaube ich, nicht mit ihr befreundet gewesen, und das über so lange Zeit, mehr als vierzig Jahre immerhin.

3.

Anfangs hat mir das sogar imponiert, diese zur Schau getragene Überlegenheit. Die eigentlich einer Skepsis entsprach. Skeptisch, doch, das Wort ist mir damals schon eingefallen für sie. Sie stellte alles in Frage, was unsereins bewunderte. Ich schwärmte für Rilke, sie nahm mir das Buch aus der Hand, blätterte, lachte, zitierte den Schluss von LIED VOM MEER:

O wie fühlt dich ein
treibender Feigenbaum
oben im Mondschein.

So ein Quatsch! sagte sie. Wie auf den Mund geschlagen kam ich mir vor, wagte dennoch den Widerspruch: Das sei aus dem Zusammenhang gerissen, außerdem gebe es viel bessere Gedichte als ausgerechnet dieses. Sie blätterte weiter, las mit erhobenen Augenbrauen in gedehntem Tonfall ein Gedicht vor, von dem sie wissen musste, ich mochte es; das sei der reine Kitsch, befand sie. Beleidigt nahm ich ihr das Buch weg. Begann darüber nachzudenken, ob sie recht haben könnte.

Das war es ja, dass man in der Kunst kaum etwas wirklich beweisen kann, bei Gedichten am allerwenigsten. Da halfen sämtliche Analysen nicht, sei es in Vorlesungen oder Seminaren; die Form ja, daran ließ sich Meisterschaft oder Dilettantismus festmachen, Klangschönheit (die es bei Rilke nun wirklich gibt!) nachvollziehen; nach gesellschaftlicher Relevanz wurde vor allem gefragt (da haperte es bei diesem Rainer Maria natürlich); Subjektivismus war verpönt damals. Diesem Diktat erlag sie, eine nüchterne Betrachtungsweise zog sie der, wie sie es nannte, gefühligen vor. ›Sentimental‹, war eines ihrer abfälligen Lieblingsworte. Ich schob es darauf, dass sie nicht, wie ich, Literaturwissenschaft studierte, sondern Pharmazie. Trotzdem könnte ich mich fragen, warum ich mich nicht einfach von ihr abgewandt habe, wie andere es taten, die Mädchen vor allem. Weil immer mal wieder ein überraschender Satz kam, eine Replik, eine Meinung, die anzeigte, da war mehr als ein kühl berechnendes Weltverständnis? Das hätte wohl nicht ausgereicht. Es war das von ihr so oft verspottete Gefühl, das mich immer wieder in ihrer Nähe hielt, angestachelt wohl auch von der immerwährenden Herausforderung, etwas in Frage zu stellen.

So oft ich mich geärgert habe über sie, wütend war – ich habe mich nie von ihr gedemütigt gefühlt. Ich bin ihr ja nicht nachgelaufen, eher war sie es, die immer wieder ein Gespräch mit mir anfing. Und wenn ich abfällig über jemanden urteilte, fiel ihr rasch etwas zu dessen Verteidigung ein. Das irritierte mich im ersten Moment, aber es nahm mich auch wieder für sie ein. Woher willst du denn wissen, wie viel Sehnsucht andere Menschen haben? Dieser Satz, viel später gesprochen, ist mir eindrücklich im Gedächtnis geblieben; der Ton, in dem sie ihn sagte, ihre ganze Haltung – warum habe ich da nicht nachgefragt? Hemmung? Wahrscheinlich kannte ich sie inzwischen gut genug, um zu wissen, sie wäre darauf nicht eingegangen.

Nur kurz öffnete sie ab und zu eine Falltür, um sie sofort wieder zuzuschlagen, bevor ich hinuntersehen konnte. Wollte ich es denn wirklich ergründen oder faszinierte es mich gerade als Geheimnis? Das mir Ähnliches barg oder als das Fremde, Unbekannte fesselte? Wir gehen miteinander um, als wäre unsere Lebensdauer unbegrenzt.

4.

Dass mir mein Hut noch als Erkennungszeichen einfiel! Bei den verschiedenen Aufgängen und der Menschenmenge auf dem schmalen Bahnsteig. Das Foto, das ich unter Karlas Sachen fand, zwei junge Mädchen – jetzt ist die Schwester Siebenundsechzig.

Wie offen sie auf mich zukam! Herzlich. Karla hat viel von Ihnen gesprochen. Aha. Die Telefonate.

Es ist leicht mit ihr, wir verständigen uns schnell. Karlas Wohnung betrat sie zögernd, fast, möchte ich sagen, mit Ehrfurcht. Nie haben die Schwestern einander besucht. Warum nicht? Achselzucken. Das lag bei ihr, sagt sie. Dass Karla sich umgebracht hat, hat sie offenbar nicht so überrascht wie mich. Sie lag immer quer, vielleicht lag sie sich selbst im Weg, sagt Hildegard.

Hildegard und Karla, ihre Namen wurden nach ihren Großmüttern gewählt. Als Kind habe sie sich oft darüber geärgert, aber später war Karla froh, keinen Modenamen zu haben. Der jüngere Bruder, Klaus, ist schon lange tot, das erfahre ich jetzt. Karla ist nicht zu seiner Beerdigung gekommen. Die letzte Ehre hätte sie ihm wenigstens erweisen können, sagt Hilde. Der erste Tadel, den ich von ihr höre. Der merkt doch nichts mehr davon, hätte Karla vermutlich geantwortet. Warum hat sie es mir verschwiegen?

Hildegards unsentimentale praktische Art erleichtert mir den Umgang mit dem, was Karla schriftlich hinterlassen hat. Wir besprechen alles, was zu tun ist, miteinander; die Schriftstücke übernehme ich, um das ›Konkrete‹ wie Kleidung, Wohnungseinrichtung und solche Sachen, kümmert sie sich.

Alles modern, alles fein, sagt Hilde, und ich mag sie nicht fragen, wie sie das meint.

Zwischen den wenigen, eher sachlich wirkenden Möbeln, die Karla sich erst in den Neunzigern zulegte (raus mit dem alten Kram! sagte sie damals), der Biedermeiersekretär, den sie vor mindestens dreißig Jahren auf einem alten Gutshof aufgespürt hat. An dem ich nun dauernd sitze, dessen Schlüssel sie mir zusammen mit ihrem Abschiedsbrief zukommen ließ, aus dem ich auch weiß, wo ihr Testament zu finden ist.

Ich öffne den Umschlag, dann lesen wir gemeinsam. Zuerst sehe ich aufs Datum: 15. November 2001. Zwei Tage vor ihrem Tod.

Das Geld soll gleichmäßig zwischen ihrer Schwester und mir geteilt werden (»nach Abzug der entstehenden Kosten wie Beerdigung, Miete usw.«), einbezogen der eventuelle Erlös aus allem Verkäuflichen. Es folgen einzelne Gegenstände, Bücher, Bilder, Vasen, von denen sie offenbar wusste, wer von meinen Kindern sie mag; sie sollen sie haben. Sogar an meine Enkel hat sie gedacht: Patty kriegt die Kaschmirdecke, in die sie sich so gern kuschelte, wenn sie bei Karla war, Paul das Lexikon.

Hilde hat auch Kinder. Und Enkel, zu schweigen von ihrem Bruder Klaus. Das muss die Schwester doch kränken. Sie zuckt mit den Schultern. Die hatten keinen Kontakt mit ihr. Oder sie keinen mit ihnen, sage ich.

Erstaunlich, wie viele Fotos Karla gesammelt hat, ordentlich in beschriftete Schachteln sortiert. Nur wenige der Abgebildeten kenne ich. Die Bilder von ihrer Familie hat sie mir nie gezeigt; das Jugendfoto mit ihrer Schwester ist mir auch neu.

Hilde deutet auf ihre Großeltern, ein bräunliches Foto auf festem Karton. Ein schöner Mann, der Großvater. Das hat er auch weidlich ausgenutzt, meint Hilde. Zwei Halbgeschwister gäbe es da noch. Außerehelich geboren auch der Vater; bei dessen Mutter meine ich die dunklen Augen Hildes zu erkennen. Kann schon sein, sagt die und:

Ach, da ist ja der Peter!

Es ist ein Familienbild, aufgenommen zu Hildes Verlobung. In unserm Garten, sagt Hilde. Mit dem Fotoapparat von Peter, Karlas damaligem Freund. Karla habe darauf bestanden, mit ihm zusammen aufs Bild zu kommen, deshalb habe es der Bruder von Hildes Mann aufgenommen. Der sei nun auch schon tot.

Und dieser Peter? Der junge dunkelhaarige Mann, offenbar älter als Karla hat seinen Arm um ihre Schulter gelegt, sie sieht ganz hingegeben aus.

Das war ihre große Liebe.

Große Liebe. Die beiden Worte zusammen wären allenfalls spöttisch aus Karlas Mund gekommen.

Der hat sie sitzenlassen, sagt Hilde. Wegen 'ner Andern.

Hat sie nie von erzählt.

Glaub ich, sagt Hilde. Da hat sie doch schon mal versucht, sich umzubringen. Anschließend war sie ein Vierteljahr in Dösen.

Eine psychiatrische Anstalt. Was wir alles nicht voneinander wissen.

Ich versuche, mir die beiden genauer anzusehen; die Menschen sind so klein auf solchen Fotografien. Dieser Peter macht einen recht durchschnittlichen Eindruck auf mich, nichts, wovon ich sagen könnte, kann ich verstehn, dass sie sich den ausgeguckt hat. Freilich, von Karlas kühl wirkendem Selbstbewusstsein ist hier auch nichts zu sehen.

Hat es Warnungen gegeben?

Nein. Wir haben ihn alle gemocht, er war immer so aufmerksam, unsere Mutter schwärmte richtig von ihm, da konnte mein Kurt nicht mithalten. Peter sei mit der Ausbildung schon fertig gewesen, als Karla ihn kennenlernte. Pharmazeut, er sollte die Apotheke seines Vaters übernehmen, aber sie haben sie verstaatlicht. Er wurde Leiter. Die Andere kannte er wohl schon vorher, vom Studium. Ziemlich schnell haben die geheiratet, drei Kinder, sagt Hilde.

Am selben Ort?

Ganz in der Nähe von unserm Elternhaus.

Karlas spätere Art, mit Männern umzugehen, sollte von dieser Enttäuschung herrühren? Ein bisschen zu einfach. Da muss mehr gewesen sein. Soweit ich es mitgekriegt habe, hat sie jeden nach kurzer oder kürzerer Zeit wieder fallen lassen, die konnten einem manchmal leid tun.

5.

Die erste von Karlas Affären, die ich gewissermaßen miterlebt habe, war die mit Hartmut Meyer. Ich war mit ihm befreundet, doch in Liebesdingen hatten wir keinerlei Gelüste aufeinander. Hartmut wäre mir viel zu schön gewesen: schwarzes Haar, helle Haut, tief liegende schwarz bewimperte Augen, schöne Hände – zu viel Schönheit hat mich bei Männern nie gereizt. Außerdem kannte ich Arno bereits. In dieser Hinsicht ließ mich Hartmut ebenso ungerührt wie ich ihn. Wir mochten einander auf andere Weise, es gab kaum Missverständnisse bei unseren Gesprächen, die sich nicht nur um Literatur drehten, auch sehr oft um Politik; Hartmut war unser FDJ-Sekretär, aber mir vertraute er an, dass er das nur zur Fassade übernommen habe, in Wirklichkeit plane er, gen Westen zu gehen. Ich war nicht so radikal in meiner Ablehnung der DDR, aber er wusste, ich würde seine Einstellung nie verraten.

In den Vorlesungen und Seminaren saßen wir fast immer nebeneinander, manche haben uns sicher für ein Paar gehalten. Er trug stets eine dunkelblaue Cordjacke mit einem Reißverschluss vorn, die strömte einen Geruch aus, der mir nicht unangenehm war, mich aber auch nicht animierte. Gerüche spielen für mich eine große Rolle; die Annäherungsversuche eines anderen Kommilitonen konnte ich damit abwehren, dass ich ihm sagte, er rieche mir viel zu parfümiert.

Hartmut hatte die Angewohnheit, während er zuhörte, ununterbrochen rhythmisch die Beine zu bewegen;

sinnlich-nervöses Gewackel, sagte ich, und wir vereinbarten, dass ich ihm die Hand auf den Oberschenkel lege, damit er ruhig sitzt.

Wir wollten zusammen ins Kino gehen, Arno, weiß ich, war nicht dabei, aber Hartmut brachte eine mit, der ich in der Uni bereits begegnet war, ohne sie zu kennen. Sie war fast so groß wie er und fiel durch ihr klar geschnittenes Gesicht auf: Breite, deutlich geränderte Lippen, die sie nicht schminkte, etwas hervorstehende Wangenknochen, graugrüne, ein wenig schräg stehende Augen, die geraden dunklen Brauen scharf von der Stirn abgegrenzt; ihre dunkelblonden Haare band sie damals am Hinterkopf zusammen. Ein schönes Paar, dachte ich, als ich sie kommen sah. Karla, stellte sie sich vor, und es schien sie nicht zu stören, dass ich mit Hartmut befreundet war.

Künftig fielen seine schattigen Augenränder auf, öfter als sonst versuchte er, ein Gähnen zu unterdrücken; ironische Bemerkungen verkniff ich mir. Wir trafen uns außerhalb der Uni jetzt öfter zu Dritt oder zu Viert; mit Arno und mir begann es ernster zu werden. Ob Arno, bevor Karla dazukam, eifersüchtig auf Hartmut gewesen ist, weiß ich nicht; weil er das niemals zugegeben hätte, habe ich ihn gar nicht erst danach gefragt. Heute würde er es sicher eingestehen, aber er fände die Frage vermutlich albern, vielleicht könnte er sich auch gar nicht mehr daran erinnern.

Mir sind die Studienjahre besonders im Gedächtnis geblieben. Nach der Pubertät war es die Zeit, in der so viel Ungewohntes geschah, was mich aufwühlte, durcheinanderbrachte, worin ich mich zurechtfinden musste, aber ebenso von Hochstimmungen begleitet wurde. Was heißt begleitet, das klingt nach nebenher; es waren doch Momente, die ins Innerste trafen oder aus ihm hervorgingen, und ich komme nicht um das abgenutzte Wort ›Glück‹ herum. Das ging natürlich vor allem von Arno aus, wobei es mich ebenso unglücklich machte, dass er sich kaum zu verbalen Liebesbekundungen hinreißen ließ, was ich für Liebesmangel hielt – ich wusste damals noch nicht, wie vielen Männern es schwerfällt, ihre Gefühle zu formulieren. Warum das so ist, weiß ich bis heute nicht, können Männer doch so viel leichter als Frauen lange Reden halten, wenn es um Dinge geht, die sie nicht direkt betreffen.

Meine zunehmende Vertrautheit mit Karla beobachtend, zog mich Hartmut in einer Vorlesungspause weg von möglichen Zuhörern: Karla wisse nichts von seiner Absicht, nach drüben zu gehen; er bitte mich, das ihr gegenüber nicht zu erwähnen.

Ich wunderte mich; bei so schwerwiegenden Absichten und Entscheidungen gab es zwischen Arno und mir schon damals keine Geheimnisse.

Ich überlege, woran zu merken war, dass die Anziehungskraft zwischen Karla und Hartmut allmählich nachließ – daran, dass Treffen öfter von mir vorgeschlagen wurden und Hartmut, den ich durch die gemeinsamen Vorlesungen beinahe täglich sah, nicht mehr selbstverständlich an Karla weitergab, was wir verabredet hatten?

Als er eines Tages sagte, das müsse ich schon selber mit ihr ausmachen, klang das ebenso gleichgültig wie bedeutungsvoll; so teilte er mir mit, dass es aus sei zwischen ihnen. Karla bestätigte es, kühl, gelassen, wie mir schien. Es war natürlich angenehm, weder sie noch ihn trösten zu müssen, aber mir blieb unverständlich, wie man monatelang die Nächte miteinander verbringen und das dann offenbar schmerzlos aufgeben konnte.

Das schloss gemeinsame Unternehmungen wie Kino, Konzert oder Treffen bei einem von uns – meist bei mir – keineswegs aus, doch hatte ich früher gefunden, die beiden gingen tagsüber ziemlich leidenschaftslos miteinander um, so merkte ich jetzt, dass unter dieser scheinbaren Nüchternheit etwas vibriert hatte, das nun fehlte.

Nach den Sommerferien warteten wir vergeblich auf Hartmut. Den Studenten wurde mitgeteilt, der Jugendfreund Meyer habe sich vom Klassenfeind abwerben lassen, und wir müssten einen neuen, würdigeren FDJ-Sekretär wählen.

Karla verbarg ihr Überraschtsein nicht, aber ich habe ihr erst viel später erzählt, dass ich von Hartmuts Absichten gewusst hatte.

6.

Hilde ist mit zwei Koffern zu einem Geschäft gefahren, das Getragenes in Kommission nimmt. Karla war immer modern angezogen, aber nie schrill, und sie hat ihre Kleidung sehr pfleglich behandelt. Seit langem bevorzugte sie Hosenanzüge. Mir sind ihre Sachen zu groß, und Hilde meint, wenn sie so etwas trüge, würde man sie in ihrer Umgebung für überkandidelt halten.

Ihr scheint es nichts auszumachen, allein in der Wohnung zu sein. Mir ist ohne sie unbehaglich zumute. Ihre Gegenwart schützt mich vor dem Empfinden, unerlaubt in Bereiche zu dringen, die jeder Mensch bei sich hütet, nicht zuletzt, weil er das Unverständnis anderer fürchtet. Mich entlastet nur der Gedanke, dass Karla, die ihren Tod offensichtlich gut vorbereitet hat, alles beseitigen konnte, wovon sie nicht wollte, dass es mir in die Hände fällt. Aus ihrem Brief geht hervor, dass sie vor allem an mich gedacht hat dabei; damit ist mir aber auch die Verpflichtung zugefallen, alles genau anzusehen, und ich ahne, dass sie mir gewissermaßen nachträglich anvertrauen will, was sie zu Lebzeiten nicht aussprechen konnte. Denn gestern habe ich ihre Tagebücher gefunden.

Tagebuchschreiben hätte ich niemals mit Karla in Verbindung gebracht. Noch während unserer Studienzeit unterhielten wir uns über die Gewohnheit mancher Schriftsteller, ihre privaten Erlebnisse zu notieren, und ich gestand, dass ich das seit meinem zwölften Lebensjahr, wenngleich unregelmäßig, auch machte, während

Karla mit der ihr eigenen Bestimmtheit sagte, das käme für sie nicht in Betracht; irgendwann schnüffelten andere darin herum, die das nichts anginge. Schnüffeln; ich weiß genau, dass sie diesen Ausdruck gebrauchte. Muss ich mir nun wie eine Schnüfflerin vorkommen? Sie hat mir doch zugedacht, es zu lesen.

Gestern habe ich erst einmal das Fach des Sekretärs wieder verschlossen, nachdem ich, ein bisschen erschrocken, diese von Karla beschriebenen Bücher entdeckte, zwei grau und schwarz gebundene und ein älteres braunes aus ihrer Schulzeit.

Hilde habe ich bis jetzt nichts davon gesagt, und ich schwanke, ob ich es ihr sagen soll. Wenn nicht, kommt es mir wie Verrat vor; sage ich es ihr, weiß ich nicht, wie sie darauf reagiert und ob es Karla überhaupt recht wäre, wenn ihre Schwester davon erfährt. Und womöglich darin liest. Wenn sie es nicht schon getan hat, gestern, nachdem ich gegangen bin. Was ich mir kaum vorstellen kann, sie zeigt sich so wenig neugierig auf alles, womit ich nun täglich zu tun habe: Mietvertrag, Rente, Telefon, Versicherungen, all der schriftlich fixierte Kram, ohne den man heutzutage kein normales Leben führen kann, der nach dem Ende des Lebens aber nicht automatisch auch beendet ist.

Die Schwestern waren doch sehr verschieden, da hatte Karla schon recht; bei allem Bemühen, tolerant zu sein, fehlt es Hilde manchmal am Verständnis für die Lebensweise ihrer Schwester. Wer weiß, was in den Tagebüchern steht.

Ich stecke sie jetzt in meine Tasche und nehme sie mit zu mir nach Hause. Diebin. Verräterin. An wem?

7.

Seit wann habe ich eigentlich Karlas Wohnungsschlüssel? Sie hatte unseren nur in Verwahrung, wenn wir verreist sind. Dann goss sie die Pflanzen, obwohl das keine ihrer Lieblingsbeschäftigungen war; sie besaß immer nur zwei oder drei Grünpflanzen, um nicht so viel Arbeit damit zu haben.

Es könnte bald zwanzig Jahre her sein, dass Karla ihre Wohnungstür zuwarf, ohne den Schlüssel bei sich zu haben. Um pünktlich zum Dienst zu kommen, schluckte sie ihren Schrecken erst einmal runter (sie hatte es sofort bemerkt), und erst bei ihrer Rückkehr fragte sie die Nachbarn, ob sie einen Schlosser in der Nähe wüssten. Nachdem er ihr das Versprechen abgenommen hatte, darüber zu schweigen (er guckte mich an, als wären wir auf Lebenszeit miteinander verschworen, erzählte Karla lachend), holte der Mann einen Dietrich. Mit geschicktem Griff öffnete er ihre Tür und nutzte die Gelegenheit, einen Blick in die Wohnung der Nachbarin zu werfen, die ohne Mann und Kinder lebte und überhaupt ein bisschen abgehoben schien, zwar immer grüßte, sich aber ansonsten an keinerlei Hausgerede beteiligte.

Nach dieser Erfahrung bat sie mich, Zweitschlüssel bei uns hinterlegen zu dürfen. Die wurden später wegen der Hausrenovierung ausgetauscht, auch kam ein Sicherheitsschloss dazu, das Karla einbauen ließ, aber weder die alten noch die neuen Schlüssel hat sie von uns benötigt. Nur in ihrem letzten Brief wies sie mich darauf hin, dass ich nach ihrem Tod ohne Weiteres in ihre Wohnung käme.

Sie hat es wohl überlegt: Den Brief am Sonnabend eingeworfen, sodass mindestens eineinhalb Tage vergangen waren, als ich ihn erhielt.

Ich kam vom Einkaufen, erkannte ihre Schrift, wunderte mich über den Umfang des Briefs und erschrak, als mir der Schlüssel von ihrem Sekretär in die Hand fiel – augenblicklich ahnte ich den Grund. Ich musste mich setzen und rief nach einer Weile nach Arno. Ich bat ihn, Karlas Brief als Erster zu lesen.

Er sagte: Wir müssen sofort hinfahren, vielleicht lebt sie noch. Ich schwankte, denn ich war sicher, Karla würde mir nie verzeihen, wenn ich ihr so eindeutig gewünschtes Ende durchkreuzte. Aber ich wusste auch, Arno hatte Recht.

So sehr ich mich vor dem Anblick gefürchtet hatte – Arno ging vor und bedeutete mir, ich könne beruhigt nachkommen –, so erleichtert war ich, als ich sie sah. Ich bin sogar froh, dass ich sie gesehen habe, den Aussagen anderer hätte ich womöglich nicht geglaubt.

Karla lag wie zu einem Mittagsschlaf auf der Couch, ihr Mund war leicht geöffnet, die Augen geschlossen (hat Arno sie zugedrückt, bevor er mich holte?), ein Plaid über Beine und Leib gelegt.

Je länger ich sie ansah, desto einsamer erschien sie mir. Ich lehnte mich an Arno.

Wie einsam hatte sie sich gefühlt? Warum habe ich mir diese Frage nicht früher gestellt. Weil sie nicht wollte, dass ich sie stelle? Wollte sie es wirklich nicht? Es war doch auch bequem, ihre demonstrierte Souveränität als gegeben zu nehmen. Vielleicht hat sie selbst nicht gewusst, dass auch sie mehr Nähe gebraucht hätte, um leben zu können. Solange sie ihrer beruflichen Arbeit nachging, ließ sich das leichter überspielen; danach war sie nur auf sich angewiesen. Ich habe sie allerdings in dieser Zeit nie betrübt gesehen; bei Nachfragen schien sie mit besonderer Leichtigkeit zu antworten. Schien. Schein. Jeder von uns lässt sich eine mehr oder weniger dicke Lederhaut wachsen, die uns vor Verwundungen schützen soll, und wir gewöhnen uns ein Verhalten an, von dem wir manchmal selbst nicht mehr wissen, wann und warum wir es uns zugelegt haben.

Der Arzt kam rasch, und Karlas Schreiben bewahrte uns vor größeren Unannehmlichkeiten mit der Polizei. Den Brief habe ich sogar schon wiederbekommen.

8.

Immer wieder fällt mir etwas ein, was ich noch erledigen müsste, bevor ich Karlas Aufzeichnungen lese. Ich bin so gespannt darauf und schiebe es doch immer wieder hinaus, weil ich mich davor fürchte. Ein paar Mal habe ich darin geblättert, bin an einem Satz hängen geblieben, musste mich zwingen, nicht weiterzulesen, weil es ohne Zusammenhang wenig sinnvoll ist. Das Wort *Kind* fiel mir auf wie einem ein bekanntes Gesicht in der Menge auffällt; *der Wunsch nach einem Kind* – hat sie über ihre Ablehnung, eigene Kinder zu bekommen, geschrieben?

Niemals! Hatte sie bereits als Studentin verkündet. Ach, wie oft haben wir darüber diskutiert. Sie wolle wissenschaftlich arbeiten, sich nicht mit dickem Bauch und Windelwaschen abgeben. Ich warf ihr vor, sich vor Verantwortung zu drücken; die hat man auch im Beruf! sagte sie, und so ging das manchmal stundenlang, auch mit Arno und Karlas jeweiligen Liebhabern, die im Gegensatz zu anderen Gesprächsthemen bei diesem ziemlich schweigsam blieben. Als ich meine beiden Kinder bekam, schwieg auch Karla über ihre Ablehnung; sie verhielt sich sogar ausgesprochen fürsorglich zu mir. Ich erinnere mich noch, als ich ihr das erste Mal mitteilte, ich sei schwanger; fast trotzig brachte ich es vor, weil ich eine harsche Bemerkung von ihr erwartete, aber sie sagte nur: So? Damit war das Thema vorläufig erledigt, und wenn es künftig nicht zu vermeiden war, tat sie, als hätte sie nie etwas gegen das Kinderkriegen gesagt.

Ein Gedicht fällt ins Auge:

Alleinsein
Ist
Freiheit.

Ach hätt ich doch
Einen Gefährten
Für meinen Kummer
Für meine Freuden.

Freiheit
Ist
Allein
Sein.

Ich muss mich zusammennehmen, zuerst das älteste Tagebuch lesen, das braun gebundene mit dem orangefarbenen Leinenrücken. Vornauf steht mit goldenen Schnörkelbuchstaben »Poesie«, was Karla offenbar nicht gefiel, weshalb sie es mit Bleistift übermalt hat. Die Kanten sind abgeschabt, das schlechte Papier an den Rändern bereits eingedunkelt. Erste Eintragung: 3. Februar 1950. Da war sie dreizehn.

Ich glaube, ich habe mich in Rolf verknallt. Seine Blicke kleben auch immerzu an mir, aber schon seit mindestens einem Monat. Wieso glaube ich, ich habe mich nun auch in ihn ver-

guckt? Ich wünsche mir, daß er mich küßt. Das wünscht man sich doch nur von einem, in den man verliebt ist. Denn daß ich mich freue und Herzklopfen kriege, wenn ich ihn sehe, daß ich neuerdings lieber die Lindenstraße statt den Kernerweg langgehe, um ihn vielleicht zu treffen, das ist mir mit Mechthild am Anfang auch so gegangen, aber ich habe mir nie gewünscht, daß sie mich küssen soll.

Ich glaube, solche Vergleiche wären mir in dem Alter noch nicht eingefallen. Verliebt war ich natürlich auch, aber der Bursche wollte nichts von mir wissen. Erst beim Nächsten hat es geklappt. Das ging ein paar Jahre und ist genau genommen auseinandergegangen, weil ich mich sexuell beharrlich verweigert habe – ich hatte solche Angst, ein Kind zu kriegen. Die Verhütungsmittel von heute gab es ja noch nicht. Er hat sich dann eine Ältere gesucht. Das hat uns entfremdet, es war schlimm für mich. Haben es die Jugendlichen von heute leichter? Ich würde gern mit meinen Enkeln darüber reden – aber ob sie mit mir darüber reden wollen?

Oh, dieser Rolf spielt ja noch lange eine Rolle, sein Name fällt beim Blättern immer wieder auf, auch drei Jahre später noch. Aber hier:

Verräter!!! Schnüffler!!! Ihr Schweine!!!!!! Riesige Buchstaben. Schnüffler. *Daß sie sich nicht schämen! Und dann erwarten, daß man ihnen vertraut!*

Ich bin so aufgeregt, ich muß erst mal berichten, was passiert ist. Nach dem Abendbrot sagte Vati, er möchte mich sprechen. Ernste Miene, da ist Widerspruch zwecklos. Was kommt heraus? Sie haben mein Tagebuch gelesen!! Seit Monaten ma-

chen sie das. Nun mimen sie Besorgnis, weil sie dadurch wissen, daß es mit Rolf nicht beim Küssen geblieben ist. »Wenn du ein Kind bekommst, wirst du von der Schule gewiesen, du kannst kein Abitur machen, und aus einem Studium wird auch nichts. Ihr könntet ja nicht mal heiraten, weil auch Rolf noch nicht Einundzwanzig ist!« Als ob wir nicht aufpassen würden! Das habe ich Vati auch gesagt, aber er meint, hundertprozentig sicher wäre das auch nicht. Und nun kommt das Schönste: Er verlangt, daß Rolf und ich uns nicht mehr sehen! Mit ihm will er auch reden, ebenso mit seinen Eltern. Heulend bin ich rausgerannt.

Es tröstet mich ein bißchen, daß ich es aufschreiben kann. Ich habe solche Sehnsucht nach Rolf. Daß Vati es auch seinen Eltern sagen will, finde ich am gemeinsten. Die Erwachsenen. Sie werden natürlich ordentlich Druck auf Rolf ausüben. Aber wir lassen uns nicht auseinanderbringen!

Am meisten enttäuscht bin ich von Vati ... Mutti hätte ich schon eher zugetraut, daß sie in meinen Sachen rumstöbert – von Vati hätte ich das nicht erwartet. Ich lese doch auch nicht in ihren Briefen oder was sie sonst so in ihrem Schreibtisch haben! Sie müßten wissen, was mit mir los ist, sagt er, schließlich sei ich minderjährig, und sie für mich verantwortlich. Da hätten sie mich doch fragen können! Hätte ich ihnen die Wahrheit gesagt? Vati sicher. Vor ihm hatte ich Respekt, und zu ihm hatte ich Vertrauen. Das ist nun vorbei, das hat er ein für alle Mal verspielt. Als Schuldirektor sollte er eigentlich Vorbild sein. Heuchler. Sollen sie ruhig lesen, was ich über sie schreibe.

Am liebsten würde ich weggehen, mit Rolf irgendwo ein Zimmer nehmen zur Untermiete. Wir kämen schon zurecht. Aber sie lassen uns ja nicht in Ruhe, wir sind ja noch nicht

»volljährig«. Wir sind abhängig von ihnen. Ich hasse sie!! So, nun wißt ihr Bescheid, was ich über euch denke!

Hinter dem Klavier, dachte ich, wäre ein sicheres Versteck für mein Tagebuch; meine Mutter hat es dennoch aufgespürt. Meine Wut war nicht geringer als Karlas. Nur meine Enttäuschung kann nicht so groß gewesen sein; hätte ich kein Spionieren befürchtet, hätte ich es doch nicht so aufwändig versteckt. Gedemütigt habe ich mich vor allem gefühlt, als ich es an anderer Stelle als der von mir benutzten vorfand. Ich bin zu meiner Mutter gelaufen, die in der Küche irgendwelches Gemüse putzte: angeschrieen habe ich sie, des Verrats bezichtigt, der Neugier. Ihre Hände zitterten, sie legte das Messer beiseite und verteidigte sich – hilflos, ohne mich dabei anzusehen – ebenfalls mit dem Argument, woher sie denn sonst etwas über mich erfahren könne; als meine Mutter müsse sie schließlich wissen, was mit mir los sei. Na, da konnte sie ja beruhigt sein, ich war artiger als Karla. Aber das Gefühl, meine Mutter habe ihre Macht missbraucht, habe ich nicht vergessen; niemals hätte ich so etwas meinen Kindern angetan.

9.

Arno empfängt uns, als wären wir beide seine Gäste; Hilde ist heute mitgekommen. Der Tisch ist bereits gedeckt; ich schnuppere, kann aber nicht ausmachen, wonach es riecht. Arno lehnt es ab, sich helfen zu lassen. Mit geheimnisvoller Miene bittet er, wir sollen uns noch eine kleine Weile gedulden.

Hilde sagt: So gut möcht ichs auch mal haben. Ihr Kurt denke nicht daran, ohne dringliche Aufforderung im Haushalt zu helfen, geschweige denn, von sich aus etwas zu machen. Es kommt heraus, Hilde ist ganz froh, mal eine Weile von zu Hause fort zu sein. Mäklig sei er auch, ihr Kurt. Jetzt sei er darauf angewiesen, dass die Nachbarin ihn mit Gekochtem versorge, da könne er sich nicht leisten, rumzumosern. Ist mir auch egal, sagt Hilde. Er wird schon nicht verhungern.

Zu Hildes Trost erzähle ich, dass Arnos Mitarbeit im Haushalt keineswegs von Anfang an selbstverständlich war; in den ersten Jahren hatte es deshalb öfter Streit und Ärger gegeben. Aber ich habe seine Hilfe von Anfang an beharrlich immer wieder eingefordert.

Das hätte ich wahrscheinlich auch machen müssen, sagt Hilde. Aber wie das so sei – jedenfalls gewesen sei –, Kleinstadt, die Mutter als Vorbild, und die Nachbarn, die aufpassten, ob man als junge Frau auch den Haushalt richtig führen könne – da werden die Männer faul, sagt sie. Dazu der Vater als Schuldirektor bekannt in der Gegend – den habe sie auch nicht blamieren wollen.

Der Vater. Wie Karla mit ihm ausgekommen ist, will ich wissen.

Karla? Hilde zögert. Als Kind war sie sein Liebling. Später …

Durch meinen Blick dränge ich sie zum Weiterreden.

Später hat sie nicht mehr mit ihm gesprochen. Für unsern Vater war das eine Tragödie. Sie war immer so radikal.

Hilde fällt es nicht leicht, darüber zu sprechen, aber ich möchte doch den Grund für Karlas Weigerung erfahren.

Ach – sie hat ihn beschuldigt, sie und ihren Jugendfreund auseinandergebracht zu haben. Mein Gott, sie waren doch noch halbe Kinder. Und da Hilde einmal dabei ist, über die Entzweiung ihrer Schwester mit der Familie zu reden: Unserm Bruder hat sie verübelt, dass er ihren Freund einen Feigling genannt hat, weil er, statt zu Karla zu stehen, seinen Eltern gehorchte und sich von ihr fernhielt, als man es von ihm verlangte. Ich hab mich da rausgehalten.

Arno bewahrt mich vorm Weiterfragen, bei dem ich hätte Acht geben müssen, dass ich nicht preisgebe, was ich bereits durch Karlas Aufzeichnungen weiß.

Eine grüne sämige Suppe setzt er uns vor. Selbst vergisst er zu essen, weil er gespannt darauf wartet, wie sie uns schmeckt. Hilde und ich sind entzückt. Woher er das Rezept hat, will ich wissen. Arno holt es; ich hatte es einmal aufgeschrieben, aber nie ausprobiert. Die Suppe besteht aus püriertem Brokkoli, Spinat und Gorgonzola, ein paar Spritzern Zitrone und obenauf gerösteten Pinienkernen. Hilde will es sich abschreiben, obwohl ihr Kurt vielleicht das Gesicht verzieht, weil er nichts Neues mag.

Auch vom anschließenden Kartoffelauflauf ist Hilde begeistert. Arno genießt unser Lob. Kokett entschuldigt er sich, dass er die Nachspeise nicht selbst hergestellt hat: Eis. Wir lachen. Wenn er so weitermacht, werde ich ihm demnächst einen Orden verleihen. Nicht nur fürs Kochen; während andere nach dem Berufsausstieg behäbig werden, entdeckt er bei sich neue Fähigkeiten, zu denen vor allem gehört: Sich verändern können. Offenbar hat er nach meiner Krankheit darüber nachgedacht, wie er mich von der ungeliebten Hausarbeit entlasten kann und stellt nun fest: Kochen macht ihm sogar Spaß. Er geniert sich auch nicht, vor anderen zuzugeben, was er neuerdings alles im Haushalt macht; er erzählt davon, als fände er es selbstverständlich (dabei ist er stolz darauf). Nicht einmal die skeptisch-ironische Miene seines Freundes Hannes konnte ihn neulich abhalten, sich mit Elvira, dessen Frau, über die Saugkraft verschiedener Markenstaubsauger auszutauschen. Früher hätte er vermutlich so ein Gespräch für unter seiner Würde gehalten; wahrscheinlich hielt er es für ein Weiberthema, ohne darüber nachzudenken, warum vor allem Frauen über so etwas reden.

10.

Mit Hannes hatte Karla auch ein Techtelmechtel.

Ich glaube, es war Arnos Geburtstag, eine Menge Leute waren da, also muss es ein runder gewesen sein. Vierzig? Ich musste meine Augen mal hier, mal dort haben, ob etwas fehlte, Vasen für neu dazugekommene Sträuße besorgen – ich habe gar nicht so schnell mitbekommen, was sich da abspielte. Karla meinte später, ich hätte sie doch warnen können, woher hätte sie wissen sollen, dass Hannes Arnos bester Freund sei, verheiratet, die Frau natürlich dabei. Aber schließlich – es gehörten immer zwei dazu, und seiner Frau gegenüber sei der Mann verantwortlich und nicht sie, Karla. Dem konnte ich nicht widersprechen.

Arno kam mir hinterher, als ich in den Flur ging, um etwas zu holen: Meine Freundin flirte so ungeniert mit Hannes, dass es den anderen schon auffalle – das könne man doch Elvira nicht antun. Was sollte ich machen? Arno erwartete, dass ich Karla zur Ordnung riefe. Wie er sich das vorstelle, das seien erwachsene Menschen, und warum nicht er mit seinem Freund spreche, der sei verheiratet und nicht Karla. Um das abzuwehren, fing Arno an, mit mir darüber zu diskutieren, warum verheiratete Männer in diesem Punkt besonders anfällig seien (dass mich das ihm gegenüber misstrauisch machen könnte, schien er überhaupt nicht zu bedenken, was wiederum ein Zeichen dafür war, dass ich nichts zu befürchten hatte, aber so weit dachte ich damals nicht); er stellte Hannes geradezu als hilfloses Opfer dar, was ich lächerlich fand. Wir waren dabei, uns aufs Schönste zu streiten, wäre mir nicht rechtzeitig eingefallen, dass er Geburtstag hatte, den ich ihm nicht durch eine solche Auseinandersetzung verderben wollte. Also lenkte ich ein, sagte aber, dass ich nicht wisse, wie ich Karla zurückhalten könne. Sie hat ihren eigenen Kopf, sagte ich, womöglich tut sie gerade das Gegenteil, wenn sie sich ermahnt fühlt.

Karla hatte eine Art, sich, wenn sie wollte, Männern gegenüber offen herausfordernd zu benehmen, als wollte sie sagen: Na, Junge, greif zu, wenn du es nicht tust, greife ich eben nach dir. Da war keine Koketterie; sie unterhielt sich lebhafter als sonst, und wenn es nicht mit demjenigen war, auf den sie es abgesehen hatte, versuchte sie ihn einzubeziehen, nicht aus den Augenwinkeln heraus, sondern geradezu. Ihre großen schönen Lippen brauchte sie nicht zu spitzen oder sonst wie verführerisch zu präsentieren; sie war sich ihrer wohlgewachsenen langen Beine bewusst, die sie von Zeit zu Zeit übereinander legte oder leicht schräg nebeneinander stellte – ihr war klar: Sie wirkte. Und wenn nicht, sagte sie einmal zu mir, soll er's bleiben lassen, nehmen wir uns den Nächsten.

Elvira saß still in der Sofaecke und tat, als merke sie nichts. Die anderen Gäste taten auch, als merkten sie nichts, unterhielten sich, tuschelten wohl auch kurz, und doch schien es, als würden die beiden alles im Raum beherrschen. Bis jemand – es war schon spät – feststellte, sie waren nicht mehr da. Keiner hatte ihr Verschwinden mitgekriegt. Bis auf eine: Elvira. Blass saß sie in ihrer Ecke, und ich versuchte sie mit meinem Wissen zu trösten, dass Karla es mit niemandem lange aushielt. Da begann sie zu weinen; hatte sie bis dahin angenommen, das Abenteuer dauere nur diesen Abend oder diese Nacht, deutete ich nun an, es könnte auch länger währen. Ich bot ihr an, bei uns zu übernachten; sie war unschlüssig, ob sie es annehmen sollte, entginge ihr doch dadurch, wann ihr Mann nach Hause kam. Es war nicht das erste Mal, dass sie mit ihm so etwas erlebte.

Sie blieb. Wer ging, spendete ihr noch einen mitleidigen Blick.

Es war eine kurze Affäre, und ich hatte nicht den Eindruck, dass sie an der Ehe zwischen Elvira und Hannes etwas verändert hätte. Trotzdem bedachten Arno und ich bei künftigen Einladungen stets, die drei nicht aufeinander treffen zu lassen.

Mit Arno hat Karla übrigens nie anzubandeln versucht – vielleicht war er nicht ihr Typ (obgleich ich nie feststellen konnte, welche Art Männer sie bevorzugte oder ablehnte), aber ich denke eher, sie hat es meinetwegen nicht getan.

11.

Mit einem Menschen alles teilen – eine Wunschvorstellung, die Beziehungen eher belasten als festigen. In der Jugend will man da keine Beschränkung – und es endet so oft im Nichts. Ich war traurig, fühlte mich abgelehnt, wenn ich mit Arno nicht über seine Empfindungen reden konnte, darüber, was er für mich fühlte (Das weißt du doch!) oder für seine Freunde, für jeden gewiss anders, aber wie, was, darüber wollte er mit mir nicht sprechen oder vielleicht gar nicht erst nachdenken. Das ist bis heute so. Er hat ja Recht, wenn er sagt, Liebe, Zuneigung erweist sich in dem, was man für den anderen tut, aber von einem Menschen, dessen Beruf es ist, Literatur so zu analysieren, dass er sie anderen nahebringen, begreifbar machen kann, erwartete ich, dass er auch seine eigenen Gefühle durchdringt, weil er sonst die Handlungsimpulse literarischer Figuren gar nicht nachvollziehen und verstehen kann. Offenbar ein Irrtum. Den Wunsch, mit Arno über so etwas zu reden, habe ich immer noch, aber ich habe mich damit abgefunden, dass es sinnlos ist, darauf zu bestehen. Uns verbindet anderes.

Ich habe stets versucht, nicht nur andere Menschen, sondern ebenso mich zu beobachten, um Vergleiche zu haben, wenn ich literarische Gestalten zu beurteilen hatte, zumal ich als Lektorin nicht nur mit bereits anerkannter Belletristik, sondern vor allem mit im Werden begriffener zu tun hatte.

Über alles, was Kunst betrifft, konnte und kann ich mich wunderbar mit Arno unterhalten. Da zeigt sich immer wieder, prinzipiell haben wir gleiche Ansichten, und wenn sie voneinander abweichen, regt es an, genauer darüber nachzudenken, und meist können wir es klären. Es geht mir ja nicht um ständige Übereinstimmung, das würde mich langweilen; manchmal genügt schon das Aussprechen-dürfen, ohne beim anderen Abwehr oder Gähnen hervorzurufen.

Meiner Lust, menschlichen Beweggründen nachzuspüren, kann ich am besten mit Annemarie frönen. Sie war Lehrerin; seit sie pensioniert ist, verbringen wir manchmal ganze Nachmittage oder Abende oder beides zusammen damit, Kriege und andere politische Katastrophen auf menschliche Wesensarten zurückzuführen. Mit Annemarie kann ich mich am besten, im doppelten Sinne, unterhalten. Obgleich wir oft unterschiedlicher Meinung sind, gibt es nichts oder doch kaum etwas, wovon wir annehmen, es wäre zu wenig wichtig oder zu unangenehm, um es zu besprechen. Sobald Arno dabei ist, schränkt sich der Themenkreis ein, das bedarf keiner vorherigen Verständigung mehr. Annemarie und ich schwatzen auch einfach gern – und fühlen uns wohl dabei, weil wir wissen, da muss nichts vorsichtshalber auf die Apothekerwaage gelegt werden; Ablehnung oder gar Verrat ist nicht zu befürchten.

Mit Karla war das anders, und ich frage mich jetzt, warum ich mich ihr trotz allem, was ich an ihr auszusetzen hatte, stärker verbunden fühle als mit Annemarie. Begegnungen mit Karla hatten manchmal sogar etwas von Strenge, sie war eher ironisch als humorvoll. Oft wurde sie als kalt bezeichnet, das wusste sie auch, aber ich wusste wie sie, sie war nicht kalt. Mit Karla musste ich nicht unbedingt reden, wenn wir beieinander saßen oder spazieren gingen, was wir öfter gemacht haben, als wir beide noch in normalen Arbeitsverhältnissen standen. Als sie dann diesen Managerjob versah, blieb ihr nur wenig Zeit für private Treffen. Eigentlich hätte sich das auffallend ändern müssen, nachdem sie in den sogenannten Ruhestand gegangen war, aber sie hielt sich zurück, rief selten an. Rief ich sie an, war sie zwar immer zu Hause, zögerte aber, wenn ich sie fragte, ob wir uns sehen könnten. Dann musste sie erst ihren Kalender holen, als ob der noch voller Termine wäre, ging aber ohne Weiteres auf meinen Vorschlag ein. Vielleicht finde ich in ihrem Tagebuch Hinweise, warum sie sich derart rar gemacht hat. Hätte ich sie öfter anrufen, dringlicher um Begegnungen bitten sollen? Vielleicht hatte ich zu viel Respekt vor möglichen Ablehnungen; wenn jemand nein sagt, habe ich das Gefühl, aufdringlich gewesen zu sein.

Nun ist sie tot und ich grüble, ob ich ihr Sterben hätte verhindern können. Sicher nicht; Karla war zu rational und zu konsequent, um sich von so einem Vorhaben abbringen zu lassen. Es hätte gar nicht erst zu diesem Vorsatz kommen dürfen.

Kenne ich Annemarie? Ich denke, ja. Ist diese Meinung leichtfertig? Von völliger Kenntnis sollte ich wohl auch bei ihr nicht sprechen, dennoch ist Annemarie vergleichsweise offen, harmlos. Wir kannten uns bereits von der Schule, waren damals aber nicht miteinander befreundet. Erst als wir bereits im Berufsleben standen, trafen wir uns in Berlin wieder.

Karla glaubte ich allerdings auch zu kennen, aber dazu gehörte ebenso ihre Verschwiegenheit. Die konnte ich einkalkulieren; was sie verschwieg, wusste ich nicht. Ich, die ich Geheimnissen abhold bin, weil ich sie dem Zusammenleben nicht zuträglich finde, muss mich nun verdächtigen, dass mich gerade das Unergründbare an Karla band. Ich weiß ja auch nicht, was sie bewog, ausgerechnet mich zu derjenigen zu machen, der sie doch immerhin einiges anvertraute. So flüchtig ihre Männerbeziehungen waren – mir war sie treu, und ich darf vermuten, sie hat mich auch nie verraten. Wem ich Freund bin, ist so wenig begründbar wie Liebe. Die Gefühle der Zuneigung sind ohnehin ähnlich; in der Freundschaft fehlt nur die Sexualität, die Liebe oft so kompliziert macht, weil sie selten so intensiv bleibt wie am Beginn.

12.

Ich habe mich entschlossen, Karlas schönen Sekretär zu nehmen. Mich mit Hilde, die ihn nicht haben will, über das Finanzielle zu einigen, ist unproblematisch. Wenn es um Geld ging, war auch Karla immer großzügig. Das sage ich Hilde, und sie will wissen, ob ihre Schwester eine gute Freundin war. Ja, sage ich.

Wir warten auf einen Antiquar, der Karlas Bücher taxieren soll, um sie dann vielleicht alle zu übernehmen, das hoffen wir wenigstens. Hilde hat sich nur ein paar herausgesucht, ich ebenso; Bücher haben Arno und ich so viele, dass wir demnächst einmal die unwichtigen aussortieren müssen, um Platz zu schaffen. Außerdem gleichen sich Karlas und unsere Bücherbestände aus DDR-Zeiten geradezu lächerlich; jeweils hatten wir unsere Buchhändler, die uns zurücklegten, was gerade erschienen war – das Angebot war überschaubar, oft interessant, meist auf miserablem Papier gedruckt, aber nicht teuer.

Hilde und ich haben schon eine Menge erledigt, zumindest in die Wege geleitet. Übers Wochenende will Hilde erst mal wieder nach Hause fahren, damit ihr Mann sich nicht gar so vernachlässigt fühlt. Ich erlebe immer wieder, wie Menschen – mir gegenüber sind es meist Frauen – sich ziemlich abfällig über ihre Partner äußern, als wären sie froh, wenn sie diese los wären, doch auf einmal, sei es durch eine Krankheit oder, wie offenbar bei Hilde, das Pflichtgefühl oder einfach die Gewohnheit, wenden sie sich ihren Männern wieder zu, als hätten sie nie etwas Übles über sie gesagt (und als Dritte sollte man sich hüten, daran zu erinnern). Wahrscheinlich halten viele Ehen nur deshalb so lange, weil es zu aufreibend wäre, nicht an den heimischen Trog zurückzukehren. Dieser Alltagstrott, wie sie es nannte, hatte ja auch Karla davon abgehalten, sich an jemanden zu binden. Behauptete sie jedenfalls.

Wir haben uns einen Kaffee gemacht und sitzen auf Karlas hellem Sofa, für das Hilde bereits einen Abnehmer gefunden hat. Noch ist es gemütlich im Zimmer; in der nächsten Woche wird es hier schon kahler aussehen. Eine Tasse von dem Geschirr, das wir benutzen, will Hilde ihrer Tochter zeigen, ob die Gefallen daran findet; sie selbst habe genug. Was soll ich noch mit so viel Zeugs, sagt sie. Wir sind auch versorgt. Es ist gar nicht so leicht, in dieser besitzenden Gesellschaft etwas unterzubringen, ohne es wegzuwerfen, selbst Vereine, die für Ärmere sammeln, sind wählerisch, und das bei einem Haushalt, in dem es nichts Angeschlagenes, Zerbeultes oder sonstwie Abgenutztes gibt.

Was machen wir mit Karlas Schallplatten? Vieles hatte sie bereits auf neuer Technik, da finden sich für die Platten nur noch Interessierte, wenn die Interpreten besonders begehrt sind.

Ich lege Karl Valentin mit Lisl Karlstadt auf. Den Buchbinder Wanninger kennt Hilde; Lisl Karlstadt als Apotheker ist ihr neu. Sie kann so unbeschwert lachen, dass allein ihre Freude ein Grund zur Freude für mich ist. Ich erzähle ihr, dass Karla diesen Sketch auswendig kannte, bei guter Stimmung auch vortrug, wobei sie nicht nur die

Originalstimmen ausgezeichnet nachahmte; den absurden Namen des Medikaments gab sie in geradezu akrobatischem Tempo wieder, was natürlich mit ihrem Beruf zusammenhing.

Hatte Karla eigentlich Humor? fragt Hilde.

Ich kann es weder mit Ja noch mit Nein beantworten. Zu echtem Humor fehlte ihr vielleicht die Naivität; für Ironie war sie fast immer zu haben, auch für Selbstironie. Ich habe sie nie beleidigt erlebt, wenn jemand sich über sie lustig machte.

Also hatte sie doch Humor, meint Hilde.

Wenn sie das darunter versteht, warum nicht.

Wieso Karla nach der Wende diese Reklamesache gemacht habe, das sei doch gar nicht ihr Fach gewesen.

Ich kann Hilde nur Vermutungen nennen; genaue Gründe hat Karla auch mir nicht gesagt. Ich nehme an, im Labor wollte man Jüngere haben; Karla war immerhin Anfang fünfzig, und das gilt heutzutage bei Wissenschaftlern – und nicht nur bei denen – als alt. Andererseits kannte sie sich mit den Produkten dieser Firma bestens aus, sie verstand sich auf Psychologie, konnte gut mit Sprache umgehen, formulierte manchmal sogar ausgesprochen witzig (das noch zum Thema Humor); sie sah nach wie vor attraktiv aus, konnte also die Firma auch nach außen hin wirkungsvoll vertreten – ich nehme an, sie hat noch einen Kurs in Werbepsychologie absolviert, und ihre Gehaltsforderungen werden unter denen westlicher Fachbewerber gelegen haben. Besser konnte es die Firmenleitung doch gar nicht treffen. Und Karla schien es Spaß zu machen, noch mal eine neue, ganz andere Aufgabe zu haben. Immerhin fast zehn Jahre hat sie diesen

Job ausgefüllt, bevor sich die Firmenleitung nach jemand Jüngerem umgesehen hat.

Dass ich mich in diesen Jahren mit Karla öfter über das Zwiespältige auseinandergesetzt habe, Medikamente durch Werbung der Konkurrenz auszusetzen – es hatte schon einen Sinn, dass in der DDR medizinische Produkte nicht beworben werden durften – verschweige ich Hilde lieber. Sie kann ohnehin, spüre ich, wenig Verständnis dafür aufbringen, dass ihre Schwester sich auf einem Gebiet bewegt hat, von dem sie nicht viel hält: Reklame schreit einem doch überall entgegen, sagt sie, und: Was das kostet! Könnte alles viel billiger sein ohne.

13.

Nach wie vor fühle ich mich nicht wohl, wenn ich mich längere Zeit ohne Hilde in Karlas Wohnung aufhalte. Ich werde das Wochenende nutzen, weiter in ihren Tagebüchern zu lesen.

Arno, den ich normalerweise aus seinem Lesesessel scheuchen muss, damit er sich bewegt, fragt mich, ob wir nicht »ein Stückchen rausfahren, irgendwo an der frischen Luft spazieren gehen« sollten. Ich sähe so blass aus. Du liebe Güte.

Ich kann ihn überzeugen, nicht das Auto zu nehmen; mit der S-Bahn entkommen wir dem Großstadtverkehr schneller.

Es ist erstaunlich warm für die Jahreszeit. Es kommt mir vor, als läge ein Hauch von Frühling in der Luft. Oder ist es nur die Sehnsucht danach? Wir haben doch erst den Winter vor uns.

Das alles kann Karla nun nicht mehr erleben. Ich denke es nur, wage es nicht auszusprechen, um Arno nicht mit dem zu behelligen, was seit Tagen meinen Kopf besetzt.

War Karla eigentlich eine Naturfreundin?

Fast muss ich lächeln. Und immer dieses ›eigentlich‹ – auch Hilde benutzt es, wenn sie etwas über ihre Schwester erfahren will. Was bedeutet in diesem Zusammenhang das doch *eigentlich* überflüssige Wort? Zeigt es die Verlegenheit, so wenig über sie gewusst zu haben? Ein Sich-herantasten an das, was einen beschäftigt, was durch Karlas Tod aber keine Unbefangenheit, keine Direktheit mehr verträgt?

Ich sage Arno, dass Karla über zwei Themen nicht gern sprach, jedenfalls nicht mit mir, aber ich hatte den Eindruck, es war die Stärke ihrer Empfindungen, die sie lieber schweigen ließ: Musik und Naturereignisse. Ich denke, es kam ihr zu banal vor, darüber zu reden. In Konzerte ging sie stets allein, während wir Schauspielaufführungen oft gemeinsam besucht und hinterher ausführlich darüber geredet, manchmal auch gelästert haben. Ließ ich mich bei Spaziergängen hinreißen, unterschiedliche Blattformen, Wolkenbildungen oder eine schöne Blüte zu bewundern, stimmte sie weder zu, noch widersprach sie, weshalb ich mein Entzücken mit der Zeit für mich behielt. Anders war es mit Gesprächen über bäuerliche Anbaumethoden, Düngemittel, dauerhafte Trockenheit, die eine schlechte Ernte erwarten ließ; darüber wusste sie erstaunlich gut Bescheid. Manchmal geriet sie bei solchen Themen ins Dozieren. Nach einiger Zeit lächelte ich darüber, was sie als Signal verstand; sie hörte auf, ohne beleidigt zu sein. Beleidigt habe ich sie überhaupt nie gesehen, das habe ich immer als angenehm empfunden. Leute, die schnell eingeschnappt sind, finde ich anstrengend. Man muss so vorsichtig sein, um nicht womöglich etwas zu sagen oder zu tun, wodurch sie sich gekränkt fühlen könnten.

Arno kommt immer wieder auf Karla zu sprechen. Ich hatte nicht angenommen, dass ihn ihr Tod so beschäftigt. Ihr Anblick ist ihm offenbar auch sehr nahe gegangen. Darüber spricht er allerdings nicht.

Eine Marone!

Arno ist Pilzkenner. In meiner alten Lederjacke finde ich vom letzten Ausflug noch eine Papiertüte, Arno hat wie immer sein Taschenmesser dabei. Ab jetzt kann ich sicher sein, dass wir noch mehr Pilze finden werden, vor allem solche, die andere Waldspaziergänger stehen lassen, weil sie nicht wissen, ob man sie essen kann. Die gängige Pilzzeit ist ohnehin vorüber.

Natürlich fällt mir auch hier wieder Karla ein. Karla, immerzu Karla.

Sie hatte von einem Spaziergang mit ihrem derzeitigen Liebhaber (meist fallen mir nicht einmal mehr die Namen von ihnen ein) mehrere Parasole, Schirmpilze, mitgebracht, der größte hatte einen Durchmesser von fast einem halben Meter. Wir waren nicht verabredet, ich kam mit unserem Sohn bei ihr vorbei, wir haben einfach geklingelt. Sie hatte nichts dagegen, wenn man ohne Anmeldung bei ihr vor der Tür stand.

Wunderbar, sagte sie, da könnt ihr gleich mitessen. Sie deutete auf den schmalen jungen Mann, den ich bei dieser Gelegenheit zum ersten Mal sah. Etwas verschüchtert saß er am Küchentisch. Er begrüßte uns höflich.

Er hat nämlich Angst, sich zu vergiften! Sie sagte das ziemlich verächtlich. Mir schob sie das Pilzbuch hin, das vor ihm lag, damit ich über die in Rede stehenden Exemplare nachlesen, die Angaben mit den Originalen vergleichen konnte.

Ingo war begeistert von den großen Pilzen; Pilze suchen und essen war er durch uns gewöhnt, aber so riesige hatte er noch nicht gesehen.

Siehst du, sagte Karla zu ihrem Liebhaber, der Junge ist nicht so ein Hasenfuß wie du!

Mir war die Situation peinlich, ich versuchte den jungen Mann zu verteidigen: Man kann doch niemandem verübeln, wenn er bei Pilzen Vorbehalte hat!

Ach, sagte Karla. Sie briet die Pilzschirme in zwei Pfannen und es duftete bereits anregend. Jetzt kannst du zugucken, wie wir drei uns vergiften!

Während es uns köstlich schmeckte, sah der junge Mann tatsächlich aus, als erwarte er jeden Augenblick den Ausbruch schrecklicher Krämpfe. Vor ihm standen nur Brot und Butter. Zögernd bestrich er sich eine Scheibe, kaute lange an einem Bissen herum, als sei ihm der Appetit auch hierfür verdorben. Sein ängstliches Gesicht sehe ich noch heute vor mir; ich bilde mir ein, es sei sehr blass gewesen.

Wir schmausten genüsslich, tranken irgendwelchen Fruchtsaft dazu und unterhielten uns fröhlich. Eingeschränkt wurde das Ganze für mich nur durch die verstörten Blicke eines Verstummten, der, wie mir Karla hinterher sagte, immerzu überlegte, ob er es wagen könnte, uns zu fragen, wie lange es dauert, bis die Symptome einer Vergiftung zum Vorschein kommen. Er wagte es nicht. Karla verspottete ihn gnadenlos, was mir besonders vor dem Kind unangenehm war. Aber im Bett ist er hervorragend, sagte sie später mal.

Arno, der die Geschichte kennt, meint: Sie hat die Männer behandelt wie Marionetten. Als ob sie damit irgendein Ziel verfolgt hätte.

Wer weiß.

Wir haben noch Graukappen, Wiesenchampignons und ein paar kleine feste Eierboviste gefunden; für uns beide zum Abendbrot reicht es.

14.

Nach Karlas Wutschrei gegen ihren Vater finde ich noch eine Eintragung in ihrem Jugendtagebuch. Die Schrift ist verändert, obwohl nur wenige Tage dazwischenliegen (sie hat immer mit Bleistift geschrieben); ohne Druck und Schwung scheinen die Buchstaben haltlos zu schweben.

Rolf. Jeden Abend zu unserer Stunde stehe ich an unserem gewohnten Treffpunkt, aber du kommst nicht. Was haben sie mit dir gemacht? Wann kommst du endlich? Die Welt besteht für mich nur noch aus Fragen, auf die ich keine Antwort bekomme. Wie lange kann ich das noch aushalten? Manchmal denke ich, du bist tot und ich möchte es auch sein.

Danach leere Seiten, da bringt kein Blättern auch nur ein einziges Wort zum Vorschein.

Es fällt mir schwer, dieses dünne Buch einfach zuzuschlagen und mit dem Lesen der späteren Tagebücher zu beginnen. Karla. Nie hat sie mir von dieser Zeit erzählt. Ich wäre aber auch nicht auf die Idee gekommen, sie danach zu fragen. Oft nehmen wir nicht ernst, was uns in diesem Alter widerfährt, wir fühlen uns erhaben darüber, weil es uns bloß wie eine Art Vorstufe zum ›richtigen‹ Leben erscheint. Unreif. Und was veranstalten wir, wenn wir angeblich ›reif‹ sind? Mündig. Selbst verantwortlich für unser Tun. Dann gibt es die verpfuschten Ehen, die ungewollten Kinder, das tägliche Einander-Verletzen, Rauchen, Saufen, Prügeln – alles selbst verantwortet. Wie viel davon mit den Verletzungen in der Kindheit oder im jugendlichen Alter zu tun hat, wird meist erst gefragt, wenn jemand völlig zusammengebrochen oder kriminell geworden ist. Dann wird eifrig nach Ursachen gesucht, die beweisen sollen, dass die Gescheiterten nicht verantwortlich sind für ihr Tun oder Unterlassen. Karla hätte sich vermutlich stets zu ihrer Verantwortung bekannt, auch für ihre Un-Taten.

Nach der Geschichte mit Rolf kam ja nun dieser Peter, der Pharmazeut. Hat sie seinetwegen Pharmazie studiert? Seit wann hatte sie das vor? Über Peter gibt es keine Tagebuch-Eintragungen. Ich könnte Hilde danach fragen. Oder findet sich etwas darüber in den späteren Aufzeichnungen?

17. 6. 2000

Rentenreif? Alles so plötzlich. Das zweite Leben nach dem Beruf, gepriesen von Müden. Aber auch ihnen täte vermutlich ein allmählicher Ausstieg besser als dieser plötzliche Stopp von 200 km/h auf Null. Ein Auto überschlüge sich.

Lange habe ich Vogel Strauß gespielt, mich mit dem Klischee von ausreichender Zeit für Lesen, Theater, Ausflüge, Reisen getröstet. Ich bin kein Mensch, der nur passiv genießen kann. Also, was tun? Dieses zweite Leben ist die Vorbereitung auf den Tod.

25. 6.

Morgen beginnt die letzte Woche. Übergabe an meinen Nachfolger. Am Freitag der Abschied. Zehn Jahre habe ich diesen Job gemacht. Die Zeit ist gerast. Sie werden mir danken – ehrlich, denn sie wissen, ich habe gute Arbeit für die Firma gemacht –, werden mir ›alles Gute‹ für den ›Ruhestand‹ wünschen, Gesundheit, was man alles so für diesen Fall parat hat –

Das Beste wäre, gleich anschließend irgendwohin zu fahren, aber ich habe Kathrin bereits versprochen, wieder ihre Blumen zu gießen, wenn sie weg sind. Das könnte ich natürlich absagen, aber das mache ich nicht gern. Ausrede? Was hält mich zurück? Die Theater haben Ferien, die Kinder haben Ferien, die Stadt leert sich, verfällt in eine Art Dauer-Siesta, gesättigt vielleicht von stumpfer Hitze. Das hat mir bisher wenig ausgemacht; während andere in Urlaub fuhren, war ich da, habe gearbeitet, darauf konnten sie sich verlassen. Selbst langdauernde Hitzeperioden, feucht-schwüle Luft, unter der viele stöhnen, bei der ihre Konzentration nachlässt, vertrage ich gut. Kälte aber auch. Ich scheine doch ziemlich gesund zu sein. Ich werde mich mal wieder durchchecken lassen, dann weiß ich es genau. Die berühmten Zipperlein haben mich bis jetzt jedenfalls nicht erwischt. Wer weiß, vielleicht stellen sie sich erst ein, wenn man aus dem Berufsleben ausgestiegen ist. Kathrin ist ja auch krank geworden, nachdem sie aus dem Verlag ausscheiden musste und nichts Zufriedenstellendes mehr fand. Die Kränkung, denke ich, hat wesentlich zum Ausbruch beigetragen. Und das war dann nicht nur ein Zipperlein.

Es war Krebs. Und ich hoffe, es bleibt beim Imperfekt.

Als mein Gynäkologe mich zu sich bat, ich seine ernste Miene sah, wusste ich Bescheid, wollte nur Genaueres erfahren. Totalexstirpation war das Stichwort, das mich im

Moment gar nicht so erschrecken konnte, war ich doch schon in einem Alter, in dem diese Organe entbehrlich sind. Er riet mir, mich nicht zu sträuben, wenn es mir in der Klinik empfohlen werde, es sei das Sicherste. Ich konnte wieder einmal feststellen, dass ich, wenn es ernst wird, ruhig reagiere, überlege, was getan werden muss, um etwa, wie in diesem Fall, alles für den Krankenhausaufenthalt vorzubereiten. Einen Aufnahmetermin hatte mein Arzt bereits mit der Klinik vereinbart, ich nehme an, dadurch wollte er die Zeit zum Grübeln vor der Operation möglichst kurz halten. Dafür war ich ihm dankbar.

Es ging tatsächlich alles so schnell, dass ich nicht weiter zum Nachdenken kam. Arno traf es heftiger als mich; vermutlich hatte er so etwas nie in Erwägung gezogen. Regungslos sah er mich an, als ich ihm sagte, warum ich ins Krankenhaus muss. Er wirkte so hilflos, dass ich mich bemüßigt fühlte, ihn zu trösten. Weniger die konkrete Operation, sagte er später, habe ihn derart erschreckt als viel mehr das Wort Krebs, weil es sich sofort mit der Vorstellung von Sterben und Tod verbinde.

Es war dann erst mal wie bei anderen Operationen: Das vorabendliche Gespräch mit dem Anästhesisten, das sogar eine beruhigende Wirkung hatte, sodass ich die folgende Spritze nicht für nötig hielt (aber trotzdem bekam); langes Warten am anderen Tag wurde mir erspart, weil ich als Erste auf dem OP-Plan stand (was mir bereits am Abend zuvor mitgeteilt wurde); die »Aufwachen!«-Stimme des Chirurgen, das anschließende Dämmern und die nachmittägliche Visite des Operateurs, der mir sagte, sie hätten »alles erfasst«, keine Metastasen entdecken können, weshalb auch keine Chemotherapie nötig sei.

Nach diesem Gespräch habe ich geweint. Es war wohl die Erschöpfung und die Aussicht, dass nichts Schlimmeres folgen würde, was die Tränen zuließ.

Unangenehm wurde es erst, als ich von der Intensivstation in ein Zweibettzimmer verlegt wurde: Meine Nachbarin schwatzte unaufhörlich, sei es am Telefon oder direkt zu mir, da halfen auch deutliche Verweise auf Ruhe oder Lesen-Wollen nicht, sie konnte einfach den Mund nicht halten. Arno kam täglich; Besuche von meinen Kindern, die von ihrem Vater erfuhren, was los war, habe ich abgelehnt. Ich mag es nicht, im Nachthemd Hof zu halten. Die Einzige, der ich außer Arno erlaubt habe, mich zu besuchen, war Karla. Bei ihr konnte ich sicher sein, sie produziert nicht vor lauter Hemmungen falsche Töne, bei denen ich dann noch die Überlegene spielen muss.

Sie, die seit ihrer neuen Arbeit kaum mehr Zeit hatte für ein Treffen, erschien noch am selben Tag, an dem Arno sie angerufen hatte, und von Eile oder Hast war nichts zu spüren, als sie bei mir saß. Ich erzählte ihr kurz, was ich über mich wusste, ein paar Mal fragte sie nach, dann schwiegen wir. Weder fühlte sie sich bemüßigt, mir Mut zu machen, noch klagte sie mitleidvoll, wie andere es in solchen Situationen gern tun. Und doch ging etwas von ihr aus, was hilfreicher war als geschäftiges Getue: etwas zutiefst Verlässliches. Karla hätte ich in meinen letzten Lebensstunden bei mir haben mögen.

Nun ist sie selber tot und hat offenbar niemanden gebeten, ihr das Sterben zu erleichtern.

15.

Wer soll von Karlas Tod erfahren, wer möchte vielleicht zu ihrer Beisetzung kommen? Wir können nur ihr Telefonverzeichnis durchsehen und ausprobieren, welche Nummern sie auf dem Apparat gespeichert hat. Hilde meint, sie kenne doch sowieso niemanden, das heißt, sie will die Auswahl mir überlassen – aber ich kenne die Leute auch nicht. Auf jeden Fall werde ich mit ihr bereden, wen ich anspreche.

Das alphabetische Verzeichnis lag nicht, wie sonst, neben dem Telefon; Karla hatte es in den Sekretär eingeschlossen. In der vorigen Woche habe ich nur flüchtig hineingesehen und bemerke nun, sie hat viele Namen durchgestrichen, und wenn ich genauer hinsehe, fällt mir auf, die meisten sind offenbar mit demselben schwarzen Stift getilgt, so exakt, dass sie ein Lineal dazu benutzt haben muss. Hat sie das erst kurz vor ihrem Tod gemacht?

Eigentlich brauchte ich mich nur an die wenigen Nichtgestrichenen zu halten (von denen Karla wahrscheinlich gewollt hat, dass sie von ihrem Tod erfahren), doch meine Neugier drängt mich gerade zu den anderen, und, ich muss es mir eingestehen, am meisten interessieren mich die, von denen sie offensichtlich schon vor längerer Zeit nichts mehr wissen wollte (davon sage ich aber nichts zu Hilde).

Ein Name ist bei aller Mühe für mich nicht zu erkennen; während es bei den anderen aussieht, als hätte sie die in kühler Ruhe ordentlich zu den nicht mehr Beachteten befördert, hat sie diesen einen (unter ›M‹) regelrecht zerkrakelt. Ich erkenne Namen, an die ich mich erinnere, auch an die Männer; es waren ja nicht immer nur kurzlebige Liebschaften. Bei einem, Christian Korten (mit doppeltem Kugelschreiberstrich ausgelöscht), hatten wir, Arno und ich, schon angenommen, Karla würde sich für dauernd an in binden wollen, immerhin gestanden sie uns bei einer Einladung, sie begingen ihr ›Einjähriges‹. Doch zu einem ›Zweijährigen‹ ist es, soviel ich weiß, nicht gekommen. Mit diesem Christian habe ich mich sogar geduzt. Er war Musiker, Oboist, ein sensibler, freundlicher und, wie mir immer schien, ein durchaus selbstbewusster und verantwortungsvoller Mensch. Ich weiß nicht einmal, ob die Trennung womöglich von ihm ausgegangen ist, was die Regel durchbrochen hätte. Ob ich ihn benachrichtige?

Ach, warum denke ich bei Karla so oft an ihre Männerbeziehungen. Sie waren ungewöhnlich; nicht nur, weil für mich ein derartiger Verschleiß nicht in Frage gekommen wäre, sehe ich das so. Ihre Jugendlieben zeigen doch, sie war liebesfähig.

Wie entsetzt war ich, als sie mir einmal naserümpfend von einem Mann erzählte, den ich durch den Verlag flüchtig kannte, der habe »lächerlich versagt«, weil er vor lauter Aufregung »nicht konnte«. Wie einen dummen Jungen hat sie ihn nach Hause geschickt. Keinerlei Mitgefühl mit dem armen Kerl. Als sie mein verständnisloses Gesicht sah, meinte sie: »Was denn – der wusste doch, wozu er gebeten war!« Dessen Telefonnummer wurde sicher gar nicht erst notiert.

Karla hat nie zu ihrem Geburtstag eingeladen, sonst hätte ich vielleicht ein paar von den Leuten, die ich jetzt informieren muss, kennengelernt. Nur eine ihrer früheren

Kolleginnen, Biologin, habe ich einmal bei ihr angetroffen – eine angenehme Erinnerung, ich könnte die Frau anrufen. Für die anderen lasse ich am besten eine Karte drucken, ohne schwarzen Rand, nur mit der Nachricht von ihrem Tod und dem Beisetzungstermin. Hilde ist einverstanden, dass ihr Name und meiner darunterstehen.

Was mache ich mit den im Apparat Gespeicherten? Die erste Nummer ist die unsrige, das habe ich schon ausprobiert. Aber was, wenn sich bei den anderen jemand meldet, den oder die ich überhaupt nicht kenne?

Mit ihren Bekannten hat sich Karla immer getrennt verabredet. Zu zweit könne man sich viel intensiver unterhalten als in einem größeren Kreis, begründete sie es mir gegenüber. Da gebe ich ihr Recht, aber ich meine, sowohl das eine wie das andere hat seinen belebenden Reiz. Bei Zusammenkünften wie etwa zu meinen Geburtstagen schien Karla sich durchaus wohlzufühlen; sie verstummte keineswegs in der Geselligkeit. Ich habe eher den Verdacht, sie wollte nicht, dass einer zu viel vom anderen erfuhr; sie erzählte mir kaum etwas von ihren Bekannten und hat es mit denen vermutlich ebenso gehalten. Andererseits habe ich von ihr nie die beliebte Bitte gehört, ich solle etwas ›nicht weitererzählen‹; ich nehme an, sie hielt meine Verschwiegenheit für selbstverständlich. Aber nun weiß ich überhaupt nicht, an wen ich mich mit meiner traurigen Botschaft wende.

Prof. Hitscher, Waltraud u. Heinz. Waren die nicht beide an der Uni? Ich könnte Arno fragen, obwohl er über die naturwissenschaftlichen Bereiche wenig Bescheid wusste. *Krumbholz, Albert.* Kollege? Freund? Liebhaber? Sein Name ist jedenfalls unversehrt. Karla hatte auch homosexuelle

Freunde, mit denen verstand sie sich offenbar gut. »Die machen wenigstens keine Probleme«, sagte sie mal. *Meinhardt, Martin*; ein ›Dr.‹ hat sie darübergeschrieben, offenbar mit demselben schwarzen Stift, mit dem sie viele Namen durchgestrichen hat.

Karlas ehemalige Firma müssen wir natürlich auch benachrichtigen; ob sie es gewünscht hat oder nicht, die können wir nicht auslassen. Mindestens dreißig Jahre hat sie dort gearbeitet, wenn auch im letzten Drittel unter ganz anderen Maßgaben. Ob überhaupt noch jemand von ihren alten Kollegen dort ist?

Ohlert, Peter. Wieder ein Peter. Den Namen gibt es häufig, besonders in unserer Generation. Ist seine Vorwahlnummer nicht dieselbe wie Hildes? Ich sehe nach, finde es bestätigt. Kennt sie einen Peter Ohlert?

Aber ja. Das ist doch der Apotheker. War. Der ist jetzt auch Rentner. Wie ich drauf komme.

Ich zeige Hilde den Namen in Karlas Telefonverzeichnis. Ohne vernichtenden Durchstrich. Wir staunen beide.

Ich möchte mich so gern mit Leuten unterhalten, die Karla gekannt haben. War sie beliebt? Gefürchtet? Ge- oder verachtet? Wie denken die Männer, mit denen sie zu tun hatte, über sie? Das ist gewiss unterschiedlich, aber nach meiner Erfahrung stellt sich trotz individueller Verschiedenheiten etwas Gemeinsames heraus, wie beim Durchschnitt einer statistischen Untersuchung. Doch dazu wird es mangels Menge nicht kommen, ich kann froh sein, wenn ich mit wenigen etwas ausführlicher sprechen kann. Mosaiksteinchen mit so großen Leerstellen dazwischen, dass sie keine Ahnung vom Ganzen ermöglichen? Das meiste kann ich wohl doch von ihr selbst erfahren.

16.

4.7.

Frei. Frei von allen Verpflichtungen. Kathrins Pflanzen muss ich gießen – eine grandiose Aufgabe! Aber immerhin eine für andere. Wer fragt sonst nach mir.

Als ob ich noch nie Urlaub gehabt hätte. Auf einmal ist alles ganz anders, weil dahinter das Nichts lauert. Ich bin gesund, habe eine schöne Wohnung, ein Auto, ausreichend Geld, lebe in einer Stadt, die die unterschiedlichsten Veranstaltungen zur Auswahl anbietet, ich kann gehen und fahren wohin und wie lange ich möchte, niemandem muss ich Rechenschaft ablegen, ich bin frei –

Männer interessieren mich nicht mehr. Wäre immerhin eine Abwechslung. Lächerlich. In meinem Alter erführe ich womöglich, was mir früher kaum passiert ist: Ablehnung. Könnte ich zur Zeit nicht gebrauchen. Soziales Engagement, ehrenamtlich. Da muss ich immer an die ganzjährig solargebräunten Damen denken, Goldgeklunker an allen nur möglichen Körperteilen, um den Hals eine zwei- oder dreifache möglichst großkugelige (echte!) Perlenkette, Beruf: Gattin eines Besserverdienenden. Natürlich gibt es auch andere, aber das medienverbreitete Bild dieser geldstrotzenden Weiber, die sich, ach, so großzügig dünken, verdirbt mir die Lust am Mittun. Man könnte es auch ganz anders machen, aber dazu fehlt es mir im Moment an drive. (Jetzt fange ich auch schon mit den Anglizismen an!)

Ich muss irgendetwas tun, sonst geschieht mit mir, was ich nicht möchte. Ich muss den Lauffaden in der Hand behalten, Ausgeliefertsein ist tödlich für mich.

Nun könnte ich wieder umfangreichere Bücher lesen, endlich den Musil mal vollständig, ich hätte Zeit zu ordnen, was ich in den letzten Jahren immer nur flüchtig abgelegt habe – morgen, morgen, nur nicht heute – was ich vorher nicht kannte, aus Trägheit alles aufschieben, es muss ja nicht gleich sein, wer wartet denn darauf, eine Lähmung hat mich erfasst, das einzige, wozu ich mich aufraffe, ist, dass ich es hier aufschreibe. Nicht mal aus dem Haus gehen mag ich. Wie gut, dass ich ab und zu Kathrins Pflanzen gießen muss, da komme ich wenigstens raus.

Ich hätte nicht leben können wie Kathrin, aber ich mochte mir auch nie recht eingestehen, dass ich sie immer ein bisschen beneidet habe um die Selbstverständlichkeit, mit der sie auf der einen Seite das Entstehen guter Bücher begleitet, auf der anderen ein Familienleben organisiert und gewiss auch genossen hat, in dem auch ich mich wohlgefühlt hätte. Und nun ist sie nicht allein.

Doch da würde keine Reue helfen – ich hätte es schlicht nicht gekonnt. Auch wenn Peter mich nicht verlassen hätte. Bei aller Liebebedürftigkeit war ich eben auch ziemlich aufsässig, diese Kleinstadt-Kleinbürgerwelt war mir zu eng, und er hat gespürt, dass ihn meine Ansprüche auf Dauer überfordern würden. Ich hätte mich doch niemals damit zufriedengegeben, in meiner Heimatstadt Apothekerin zu sein! Obwohl ich ahnte, dass ich ihn damit verliere, habe ich ihm das gesagt. Ich sehe ihn, wie er vor mir stand (wahrscheinlich sah er noch jünger aus als ich ihn mir jetzt vorstelle), mich eine ganze Weile stumm ansah, bevor er fragte: »Und was soll ich dann machen?« Das ›Ich‹ betonte er, aber das empörte mich nicht, in feministischen

Zusammenhängen zu denken, war ich noch nicht gewöhnt, ich wollte ihn nur für meine Pläne gewinnen. »Mitkommen«, war meine einfache, sicher naive Antwort. »Woanders werden auch Apotheker gebraucht.« »Und meine eigene?« Vermutlich habe ich ziemlich spöttisch darauf reagiert, zu dieser Art Eigentum hatte ich bereits damals ein distanziertes Verhältnis.

Es war ein Balanceakt. Ich spürte, ich konnte nicht stehen bleiben, ich musste aufs Seil. Ich bin abgestürzt. Ich ahnte auch, dass sich Peter nicht mitnehmen ließe. Die Psychiatrie war das Auffangnetz. Trotz aller schlimmen Erfahrungen, die ich in diesem Eingesperrtsein machen musste, dämmerte mir bald, es war nicht nur der Schmerz, abermals einen geliebten Menschen verloren zu haben, und die Kränkung, von ihm verlassen worden zu sein, die mich in die totale Verzweiflung getrieben hatten – ich war unfähig, Kompromisse zu machen, wenn es um meine beruflichen Vorstellungen und Ziele ging. Das wurde von Mädchen und Frauen damals aber erwartet. Heute nicht mehr mit dieser Selbstverständlichkeit, doch Frauen müssen immer noch viel öfter als Männer beruflichen Ehrgeiz damit büßen, keine eigene Familie zu haben.

Als ich aus der Psychiatrie entlassen wurde, habe ich mir geschworen: Nie wieder! Ich wusste, künftig würde ich auf mich allein gestellt sein. Immerhin war ich stark genug, das mehr als vierzig Jahre durchzuhalten. Und ich habe nicht vor, am Ende noch einmal abzustürzen.

So selbstverständlich, wie Karla meinte, lief es bei mir durchaus nicht. Als ob es ohne Schwierigkeiten überhaupt ginge. Ebenso wie sie hatte ich von meinem Charakter und den Gegebenheiten her kaum eine Wahl. Ich hätte nicht die Stärke aufgebracht, allein zu leben. Aber das Wort ›Selbstverständlichkeit‹ klingt, als hätte ich alles mit links gemacht. Vielleicht hat es auf Karla so gewirkt, weil ich nicht hektisch agiere. Ich bin ziemlich rasch und kann gut organisieren, das erleichtert manches, verhindert aber nicht die Reibereien und Widerstände, Krankheiten, Zusammenbrüche, die Auseinandersetzungen, auch im Verlag, mit den Autoren, dazu die ständige Müdigkeit.

In meinem Beruf blieb ich wenigstens von der Bedrängung verschont, in die SED einzutreten. Arno musste sich entscheiden – ohne Parteieintritt wäre er nicht Professor geworden. Was haben wir darüber diskutiert, gestritten, Arno hatte wochenlang schlechte Laune, vor dem Entschluss und danach. Soll ich mich heute dafür schämen, ihm zugeraten zu haben? Wir waren doch keine Staatsfeinde. Für unsere Ehe war es eine regelrechte Krise. Ohne die Kinder im Haus hätte ich mein Bett ins Wohnzimmer verlegt. Aber manchmal hat eine Zwangsgemeinschaft den Vorteil, sich arrangieren zu müssen, und irgendwann kommt man wieder miteinander aus.

Karla war ja schon kurz nach dem Studium in die Partei gegangen. Überzeugt. Sonst hätte sie es nicht gemacht. Hätten wir sie Arnos wegen gefragt, sie hätte ihm wahrscheinlich abgeraten. 1985 ist sie ausgetreten. Das war damals noch ziemlich schwierig, sie musste einiges Ärgerliche über sich ergehen lassen; vier Jahre später haben es viele gemacht, da war es nichts Besonderes mehr.

Auf meine Frage, ob sie in der DDR Parteimitglied war, sagt Hilde: Och, das hab ich meinem Mann überlassen.

So war das oft. Man empfand, bei aller Kritik, keine Feindschaft dem Regime gegenüber, war sogar überzeugt, sich ideologisch ›auf der richtigen Seite‹ zu befinden – warum sollte man da nicht auch in die Partei, die SED eintreten, zumal wenn man sich damit berufliche Hemmnisse ersparte. Aber einer in der Familie genügte, und meist war es der Mann. Das ist wie bei vielen Altbundesbürgern und der Kirchenmitgliedschaft, auch wenn es mit dem Glauben nicht weit her ist. Der Austritt könnte einem doch Unannehmlichkeiten bescheren.

17.

Das Liegesofa, auf dem man so gemütlich sitzen konnte, ist weg, die Bücher auch. Nackt sieht es aus. Wenn wir die Regale, die heute Nachmittag abgeholt werden, auseinandergenommen haben, wird es noch kahler, und, es hilft nichts, bald müssen wir auch die Bilder von den Wänden nehmen. Ein Stück nach dem anderen von Karla verschwindet.

Hilde sieht das von der praktischen Seite, und da ist jede Entfernung ein Erfolg. Sie hat ihre Schwester ja auch nie in dieser Wohnung erlebt, für sie verbinden sich keine Erinnerungen mit diesen Räumen.

War es '69? Der Winter jedenfalls, in dem in der DDR eine Grippeepidemie herrschte. Karla, die fast nie krank wurde, hatte es erwischt.

Ich fuhr nach der Arbeit zu ihr, weil ich etwas mit ihr besprechen wollte, das wegen eventueller unliebsamer Mithörer für eine Telefonat nicht geeignet war: es ging um ein Geschenk für Arno, ein Buch, das in der Bundesrepublik herausgekommen war. Karla, die manchmal zu Kongressen ins NSW – das war die offizielle Abkürzung für Nichtsozialistisches Währungsgebiet – fahren durfte, sollte es mitbringen.

Nach dem Klingeln längeres Warten, bevor sie öffnete. Ich erschrak. So schlapp und bleich hatte ich sie noch nie gesehen. Bleich trotz hoher Temperatur, wie sich herausstellte, als sie nach einigem Sträuben gemessen hatte. Ich bestand darauf, den Notarzt zu rufen. Karla versuchte abzuwehren, abzuwiegeln, verdächtig schwach allerdings.

Der Notarzt war eine Ärztin, die sie in die Klinik einweisen wollte, nachdem sie erfahren hatte, dass Karla allein lebte. Ich krieg' das schon selber hin, meinte Karla. Ich schlug vor, täglich zu kommen. Dann steckst du dich bloß an! sagte sie. Und deine Familie! Auch die Ärztin war skeptisch, aber ich verließ mich auf meine Erfahrung, abwehrfreudig zu sein, wenn ich mich ansonsten wohlfühle.

Als Karla ihren Widerstand aufgegeben hatte, war sie eine ganz liebe, unkomplizierte Kranke. Wie ein Kind befolgte sie meine Anweisungen; sie schien so dankbar für alles, was ich für sie tat. Ihr Gesicht sah gelöst aus wie sonst nie; als ob ihr Leben eine ununterbrochene Anstrengung wäre, die sie nun endlich einmal fallen lassen konnte.

Ich nahm ein paar Hausarbeitstage, die ich mit den jeweiligen Manuskripten bei ihr verbrachte. Da habe ich auch an diesem Sekretär gesessen. Trotz ihrer Mattigkeit dachte Karla ständig daran, wie mir die Arbeit zu erleichtern sei. Mit ihren präzisen Hinweisen, an welcher Stelle ich was finden könne (ich zweifle, ob ich das bei mir so genau wüsste), lernte ich ihre Wohnung kennen, weshalb es mir gar nicht recht war, als sie später einige Möbel weggab und neue kaufte.

In diesen Krankheitstagen wurden Karla und ich so vertraut miteinander, wie ich es wegen ihrer sonstigen Art, immer ein wenig Abstand zu wahren, nicht für möglich gehalten hätte.

Als sie wieder gesund war, verhielt sie sich äußerlich wie vor ihrem Krankwerden – wir haben uns beispielsweise nie umarmt, was ich mit anderen Freunden ohne weiteres tue – aber zwischen uns blieb etwas, worüber wir nie gesprochen haben, was andere vermutlich gar nicht wahrnahmen, auch Arno nicht.

Ich habe diese Grippe übrigens nicht bekommen. Als wenig später unser Sohn erkrankte, hatte er sich offensichtlich in der Schule angesteckt; von seiner Klasse traf es fast die Hälfte.

Damals habe ich nicht darüber nachgedacht – jetzt frage ich mich, warum sich Karla so hingebungsvoll kindlich zeigte, als ich sie betreut habe. Wie war es ihr als Kind ergangen, wenn sie krank war? Wir bekamen bei einer Unpässlichkeit, bei der wir im Bett bleiben durften, (nicht in die Schule müssen!) mit Zucker und Zitronensaft geschlagenes Eigelb; auch an Hühnersüppchen aus der Tasse erinnere ich mich. Aber das Wichtigste war die Zuwendung – man war Hauptperson in der Familie.

Über Karlas Vater weiß ich nun schon einiges (ich muss immer aufpassen, dass ich auseinanderhalte, was ich aus Karlas Tagebüchern habe, was von Hilde; je länger ich sie kenne, desto sicherer bin ich, Karla hatte das Lesen nicht für sie bestimmt) – über die Mutter fast nichts.

Vorsichtig frage ich, ob sie gutmütig-fürsorglich war oder eher streng. Eher streng, sagt Hilde. Unsere Mutter war der Meinung, Kinder dürfe man nicht verweichlichen. Wir mussten uns immer kalt waschen, auch im Winter; altbackenes Brot ist gesund, sagte sie, keine Butter unter Marmelade oder Wurst, wie wir das in der Schule bei anderen Kindern sahen, selten ein neues Kleidungsstück.

Und wenn ihr krank wart? frage ich.

Je nachdem Tee mit Zwieback, Bettruhe, lesen durften wir.

Nicht ein bisschen verwöhnen?

Bloß nicht! Dann hätten wir das ja ausnutzen können, Schule schwänzen. Wenn es nichts Ansteckendes war, durften wir Geschwister uns nachmittags ein Weilchen bei dem Kranken aufhalten – nicht zu lange natürlich. Unser Vater war milder. Der hat uns immer am Bett besucht; als wir kleiner waren, hat er uns vorgelesen. Aber ausdehnen durfte er das auch nicht, dann hat ihn die Mutter zurückgepfiffen.

Hat euch eure Mutter geliebt?

Hilde scheint verdutzt; die Frage hat sie sich wohl noch nicht gestellt, die Antwort für selbstverständlich gehalten. Alle Eltern lieben ihren Kinder, basta. Jetzt muss sie nachdenken, ziemlich lange. Ich weiß nicht, sagt sie schließlich.

18.

16. 7.

Selbstgespräche. Gespräche mit sich selbst. Eigentlich führt man sie doch mit anderen, wenn auch nur in Gedanken und ohne Erwiderung. Zumeist redet man (in Gedanken) zu einem ganz bestimmten Menschen, sagt ihm etwas, was einem gerade ›durch den Kopf geht‹ oder was man ihm schon lange mal hat sagen wollen oder vorhat, demnächst zu sagen. Durch das ständige Alleinsein nehmen diese Gedanken-Gespräche zu, ich habe mich schon ertappt, dass ich die Lippen dabei bewege – fehlt noch, dass ich laut vor mich hin rede! Mit Kathrin unterhalte ich mich so am häufigsten. In letzter Zeit aber auch mit Männern, die ich eigentlich längst abgeschrieben hatte. Als ob ich mich rechtfertigen müsste. Muss ich doch nicht. Mag ja sein, dass ich mich recht harsch verhalten habe, aber ich habe keinem etwas vorgegaukelt, von Beginn an habe ich klargestellt, von mir ist weder Liebe noch eine längere Beziehung zu erwarten. Trotzdem haben sie sich darauf eingelassen. Es waren doch erwachsene Menschen, und ich habe sie weder betrogen noch vergewaltigt.

Seit neuestem muss ich wieder an meinen alten Peter denken. Gibt es ihn noch? Hat er noch (oder wieder) ›seine‹ Apotheke? Ich könnte Hildegard fragen. Über die Telefonauskunft müsste es auch rauszukriegen sein, das wäre besser. Und wenn er dann nicht selbst am Telefon ist? Was macht seine Frau? In der Phantasie rede ich oft mit ihm – einem Phantasie-Menschen; was aus ihm geworden ist, weiß ich doch nicht, womöglich ein engstir-

niger Spießer, mit dem mich zu unterhalten mir in der Realität kein Vergnügen brächte. Spießig. Konservativ. Zum Spießertum gehört, dass man seine – nicht gerade neuen – Ansichten für die einzig richtigen hält, Anderes, Ungewohntes verachtet, aus (genormtem) Geschmack eine Weltanschauung macht. Konservativ würde mich nicht stören, sofern die Meinung als subjektiv anerkannt wird. Als intolerant habe ich Peter nicht kennengelernt. Aber das ist lange, lange her. Es reizt mich zu erfahren, was aus ihm geworden ist, wie er jetzt denkt.

So albern das sein mag – ich möchte wissen, was er beispielsweise von Mode hält, heutiger Mode. Wenn er auch in unserem Kaff das Allerneueste nicht zu sehen kriegt – TV macht's möglich. Regt er sich darüber auf oder sagt er, lass sie doch, unseren Eltern hat auch nicht immer gefallen, was wir schön fanden? (Dass er das Jetzige schön finden könnte, ziehe ich gar nicht erst in Betracht.)

Für Frauen ist teilweise Mode geworden, was früher Nutten trugen: Nackte Oberschenkel, dazu kniehohe Stiefel mit hohen Absätzen, Röckchen und Oberteile manchmal, wie früher die Unterwäsche, mit Spitze gesäumt; viel Fleisch, Taille mit Bauchnabel nackt, der Busen knapp bedeckt, mit sogenannten Spaghettiträgern, die etwas Halt geben sollen. Das kann bei jungen gut gewachsenen Exemplaren ganz hübsch aussehen, aber leider tragen es nicht nur die. Es ist eine an die Männer gerichtete Herausforderung, was viele Trägerinnen wahrscheinlich leugnen, während es andere einfach mit einem »Na und?« abtun. Ein Wort wie ›Scham‹ ist sicher verpönt, obwohl ich neulich eine junge Frau in die Hocke gehen sah, als sie ihr Auto mit den Einkäufen belud – sich bei der Kürze ihres Rockes zu bücken, schien ihr wohl doch zu schamlos. Die Freizügigkeit in der Mode korrespondiert mit der Freizügigkeit der Sitten – ist die Verhüllung nun wünschens-

werter? Vor einiger Zeit hörte ich einen Kollegen sagen: Bloß gut, dass die Sack-Mode vorbei ist! Wurde da zu viel verhüllt? Man möchte schon ahnen können, was darunter ist, auch als Frau. Halbnackte Männer konnten mich nie animieren (muskulöser breitschultriger Oberkörper, heutzutage noch tatooverziert!) – ein großer schlanker Mann, weißes Hemd, oben offen, offenes dunkles Jackett darüber, erzeugte bei mir das Begehren, mit beiden Händen darunterfahren, die Taille umschließen zu können. Ohne Phantasie wäre die körperliche Liebe doch langweilig. Diese Phantasie beflügelt auch die Modeschöpfer. Mode hat mit der Begeisterung für Farben und Materialien zu tun, aber jeder Entwurf, der kein abstraktes Gebilde darstellt, sondern dafür gedacht ist, dass Menschen das Kleidungsstück tragen, enthält auch den Wunsch, den Träger oder die Trägerin erotisch anziehend zu machen.

Für Mode hat sich Karla interessiert, seit ich sie kenne. Wenn ich mich recht erinnere, hatte sie sogar mal ein Kunststudium erwogen, um später Mode zu entwerfen. Die Naturwissenschaft war ihr dann doch wichtiger. Aber sie war immer gut angezogen, auch in unserer Studienzeit, als wir nur sehr wenig Geld hatten; sie nähte sich das meiste selbst, was sie auch später noch lange beibehielt, weil sie dem gleichen Kleid, einer Bluse oder einem Rock nicht an anderen begegnen wollte, was einem in der DDR leicht passieren konnte. Mich hat das nicht weiter gestört, manchmal habe ich es nicht einmal bemerkt; andere machten mich darauf aufmerksam.

Karla fungierte gern als Modeberaterin, und ich habe es mir gern gefallen lassen. Was ich mir allein kaufte, bekrittelte sie meist, weshalb ich sie später bat, mitzukommen, wenn ich etwas Neues brauchte. Wenn ich auf sie hörte, musste ich das nicht bereuen; sowohl meine Familie (sogar unsere in Sachen Kleidung ziemlich mäklige Tochter!) als auch Kollegen und Freunde haben es lobend vermerkt. Und ich habe einiges bei diesen Einkäufen gelernt, was mich hoffentlich auch ohne Karla künftig davor bewahrt, mich unvorteilhaft, gar geschmacklos anzuziehen. Doch ein spezielles Interesse habe ich nicht dafür entwickelt, wahrscheinlich siegt bei mir noch immer das Praktische über das Schöne.

Karla hat ja auch sehr gut gezeichnet, vieles, was ich in der Mappe fand, die sie hinterlassen hat, kannte ich gar nicht. So das Porträt von Hartmut Meyer. Als ich es entdeckte, war ich geradezu erschrocken, weil es so lebendig wirkt und ich mich augenblicklich in unsere gemeinsame Studienzeit versetzt fühlte. Auf dem Selbstporträt, das Karla offenbar erst vor Kurzem gezeichnet hat, wirkt sie so traurig, wie ich sie nie gesehen habe. Auch viel älter als sie in Wirklichkeit aussah; ihr Alter hat man ihr kaum zugetraut, ihre Haare hatten noch die frühere Farbe, nur einzelne weiße darunter, sie hätte sie auszupfen können, so wenige waren es.

Als sie im vorigen Jahr, ein warmer Tag im Oktober muss es gewesen sein, mit diesem wunderschönen graublau melierten Kostüm zu uns kam, neu, sagte sie munter, weißes ausgeschnittenes T-Shirt, das von ihrer gebräunten Haut abstach, halbhohe dunkelblaue Pumps (ebenfalls neu) dazu – Anfang, höchstens Mitte Fünfzig hätte man getippt. Überhaupt wirkte sie in dieser Zeit so frisch, so lebendig, fast ein bisschen weich – niemals wäre ich auf den Gedanken gekommen, dass sie sich einmal umbringen könnte.

19.

Wir müssen Karlas Keller leer räumen. Den hat sie vor ihrem Tod wohl vergessen. Oder sie hielt es für unwichtig. Es sieht jedenfalls ordentlich aus, aber auf allem liegt der Staub des Lange-nicht-Angerührten. Dass sie überhaupt so viel aufgehoben hat, was sie nicht mehr brauchte, hätte ich ihr gar nicht zugetraut. Es ist das Übliche: Ein Paar alte Skier, eine – wahrscheinlich noch intakte – Küchenmaschine aus DDR-Produktion, im Originalkarton (könnten wir jemandem schenken, meint Hilde – aber wem?); Weihnachtsbaumschmuck, was mich sehr wundert, Karla ist über die Feiertage doch immer weggefahren. Auch auf diesen Kartons gleichmäßiger Staub. Wann ist sie überhaupt das letzte Mal hier unten gewesen?

Hilde öffnet eine andere Pappschachtel, stutzt. Wozu hat sie denn das gebraucht?

Ein brüchig gewordener ziegelroter dünner Gummischlauch und eine Gummiballspritze. Mir wird kalt. Soll ich es Hilde sagen? Karla hatte es mir geliehen, als ich zum dritten Mal schwanger war und kein Kind mehr haben wollte. Es war fürchterlich. Alles lange auskochen! sagte sie. Sie hatte Erfahrung. Das Schwierigste war, den Schlauch in die Gebärmutter reinzukriegen. Arno war mit den Kindern zu seinen Eltern gefahren, ich wollte nicht, dass er dabei ist. Selten habe ich mich so einsam gefühlt. Aber es hat geklappt. Wie oft mag Karla es benutzt haben? Die Pille gab es noch nicht, und das erlösende Gesetz kam erst Anfang der Siebziger.

Ich erkläre Hilde den Fund, auch die Wirkungsweise mit dem abgekochten Wasser, das in den Uterus gespritzt werden musste. Keine Luft durfte mitkommen!

Hilde drückt den Deckel wieder auf die Schachtel, schweigt. Da ich nicht weiß, wie sie zu Abtreibungen steht und nicht möchte, dass sie schlecht über ihre Schwester denkt, sage ich ihr, ich habe es auch einmal benutzt.

Was blieb uns denn anderes übrig, sagt Hilde. Sie habe wenigstens einen Arzt dafür gefunden. Vier Mal. Mein Mann war so rücksichtslos. Ich hab dann einfach nicht mehr mitgemacht. Seitdem hat sich nichts mehr abgespielt zwischen uns.

Ich versuche nachzurechnen. Sie kann noch keine Vierzig gewesen sein.

Ob Kurt dann andere gehabt hat, weiß ich nicht, sagt sie. Es hat mich auch nicht mehr interessiert.

Die automatische Kellerbeleuchtung geht aus. Ich taste mich zum Schalter.

17.7.

Heute habe ich zu Kathrins Wohnung nicht das Auto genommen. Hin bin ich gelaufen, zurück habe ich eine 2-Stunden-Fahrkarte genommen und bin Umwege mit Straßenbahn und U-Bahn gefahren. Ich darf mich nicht länger einkapseln, obwohl es mich Überwindung kostet, am normalen Leben teilzunehmen. Bloßes Fern-Sehen bedarf der Korrektur durch die Wirklichkeit. Da frage ich mich nun auch, wie viel von der Realität habe ich wahrgenommen, als ich, abgesehen von schnellen Einkäufen in Läden, in die sich kein Sozialhilfeempfänger wagen würde, die

Straßen nur durch Autofenster gesehen und im Übrigen meist mit Leuten verkehrt habe, die nirgendwo bar bezahlen. Ich weiß, dass es mir gut geht, aber es geht mir schlecht. Trotzdem ist lebendige Anschauung hilfreicher als Medienwissen.

Zweimal ist mir auf meiner Tour eine Obdachlosenzeitung angeboten worden – eine habe ich einem hübschen glatzköpfigen Mädchen abgekauft, das sich ganz höflich bedankte – dreimal wurde ich angebettelt, und die da baten, sahen nicht aus, als würden sie das aus Jux machen: Einer, auf einer alten Decke vorm Supermarkt sitzend, sah mit seinen zerfließenden geröteten Gesichtszügen aus, als würde er das Eingenommene ganz schnell für Alkohol verwenden (ihm habe ich nichts gegeben, obwohl er arm dran ist mit seiner Sucht); ein junger hagerer Mann behauptete, heute noch nichts gegessen zu haben, und ein Punk-Pärchen saß mit zwei großen Hunden auf dem Treppenabsatz zur U-Bahn. Unsereins denkt natürlich gleich an Brechts »Dreigroschenoper«, um sich sagen zu können, dass ja doch alle bloß lügen, aber die krampfhafte Abwehr nützt nichts. Möchte ich mit denen tauschen? Das Punk-Pärchen ist jetzt vielleicht glücklicher als ich, aber dem Alkohol möchte ich meine Selbstbeherrschung nicht ausliefern.

Im Supermarkt die Leute, die in dieser Gegend wohnen: ältere, denen man ansieht, dass sie bereits vor der Wende hier gelebt haben (woran glaube ich das eigentlich festzustellen? Sie wirken irgendwie sorgenvoller, in sich gekehrter, auch humorloser als die aus dem Westen); junge, die zu zweit einkaufen, Mütter mit einem oder zwei Kindern, und wenn ich sehe, was sie in ihren Einkaufswagen haben, wird mir schlecht (aber es ist billig!): Bierdosen, Coca-Cola, Fertiggerichte jeglicher Art, Süßigkeiten, ›Frucht‹-Joghurts, Limonaden, abgepacktes Fleisch, selten Obst oder Gemüse.

In der U-Bahn saß mir gegenüber für etliche Stationen ein Schwarzer, schönes ausdrucksvolles Gesicht, große füllige Lippen, er strahlte eine ruhige Würde aus, die unverletzlich schien. Als er ausstieg, nahm ein Ehepaar die Plätze mir gegenüber ein, sie sahen aus, als seien sie eigentlich gewöhnt, mit dem Auto zu fahren. Bevor sich ihr Mann auf die Stelle setzte, die vorher der Schwarze eingenommen hatte, besah sich die Frau den Platz misstrauisch und genau, als könnte der Vorgänger einen Schmutzfleck hinterlassen haben, vor dem sie die Kleidung ihres Gatten schützen wollte.

Als ich ausgestiegen war, kam ich, ganz in meiner Nähe (wenn ich mit dem Auto fahre, komme ich daran nicht vorbei), zu einer Bank, auf der mehrere verwahrlost wirkenden Männer saßen, in der Hand Bierdosen, einer stand mit der geöffneten Flasche daneben, es sah aus, als würden sie sich täglich hier treffen. Ich will es beobachten.

20.

Das Telefon klingelt. Hilde und ich sehen uns an. Geh du ran, sagt sie.

Welchen Namen nenne ich, wenn ich abnehme? Es ist das erste Mal, dass jemand anruft, bisher haben immer nur Hilde oder ich eine Nummer angewählt.

Ich melde mich mit meinem Nachnamen, sage aber Karlas dazu.

Meinhardt.

Das könnte der sein, bei dem Karla das ›Dr.‹ darübergeschrieben hat.

Ob er Karla sprechen könne (Frau Dr. Klinger, sagt er).

Ich hole mir viel Luft. Der Moment ist da, in dem ich zum ersten Mal einem von Karlas Bekannten sagen muss, dass sie nicht mehr lebt. Ich fühle mich so unvorbereitet.

Ich weiß nicht, sage ich hilflos-dümmlich, und: Ich bin die Freundin (die, nicht eine, sondern die). Krampfhaft überlege ich, wie ich es ihm beibringen könnte.

Ist sie verreist?

Verreist. So könnte man es auch nennen. Verreist auf immer. Aber so kann ich es ihm nicht sagen. Hilde steht im Zimmer, hört gespannt zu. Und ich sage es pur: Karla ist tot.

Stille. Stille am Telefon, kein Auto ist zu hören, Hilde scheint den Atem anzuhalten.

Seit wann? fragt der Mann, plötzlich heiser.

Ich nenne das Datum.

Er versucht, seine Stimme freizuhüsteln. War sie krank?

Nicht, dass ich wüsste. Sie hat sich umgebracht.

Die Stille tut weh. Ich bin froh, als die Ampel an der nächsten Straßenecke wieder auf Grün geschaltet hat.

Ich war mit ihr befreundet, erklärt Herr Meinhardt. Wir waren Kollegen.

Ich habe Ihren Namen in Karlas Telefonverzeichnis gefunden, sage ich, weil ich das Gespräch noch nicht abbrechen möchte.

Wissen Sie, warum sie das gemacht hat?

Nein, sage ich und dass ich es gern herausfinden möchte. Vielleicht können Sie mir dabei helfen?

Wir hatten längere Zeit nichts voneinander gehört. Das klingt entschuldigend.

Wie lange?

Ein Vierteljahr etwa. Und nach einer Pause, in der mir nichts einfällt, was ich erwidern könnte, sagt er: Jetzt mache ich mir Vorwürfe.

Warum?

Weil ich mich nicht um sie gekümmert habe.

Ich möchte herauskriegen, wie nahe er Karla stand. Glauben Sie, sie hat das erwartet?

Es kommt mir vor, als könnte ich sein Nachdenken hören. Vielleicht doch, sagt er langsam. Wenn sie es auch bestritten hätte.

Das war wohl ihre Art, sage ich. Bloß keine Gefühle zeigen.

In der Arbeit kann das manchmal sehr angenehm sein, aber ...

Aber? Ich kann ihn doch nicht fragen, ob er ein Liebesverhältnis mit Karla hatte. Die Frage, die ich stelle, finde ich schon ziemlich indiskret; ich hoffe, die Situation entschuldigt mich: Waren Sie zerstritten?

Er antwortet ein klares Nein. Er habe Urlaub gemacht mit seinem Freund (aha; er ist doch sehr offen, die Mitteilung, mit wem er seine Ferien verbracht hat, wäre gar nicht nötig gewesen), danach sei die Zeit so schnell vergangen, er arbeite ja noch, vielleicht würde ich das auch kennen, man schöbe es vor sich her, manchmal habe er gedacht, Karla könne sich doch auch mal melden, und erschreckt habe er gestern festgestellt, wie lange sie nicht miteinander gesprochen hätten. So habe er sich heute aufgerafft ... Und nun das.

Ob er ihr diese Tat zugetraut hätte?

Ich muss wieder eine Weile auf die Antwort warten. Es ging ihr nicht gut, sagt er, aber darüber hat sie nie gesprochen. Es war nur zu spüren.

Wir werden uns einig darüber, dass Karla der Berufsausstieg nicht bekommen ist, das aber vermutlich nicht die Ursache war.

Durch eine makellose Fassade wollte sie sich unangreifbar machen, meint er. Er habe einmal nach den Gründen fragen wollen, das habe sie geschickt abgebogen, daraufhin wäre er sich aufdringlich vorgekommen, wenn er das Thema noch einmal angeschnitten hätte. Und dann fällt ihm ein: Nachdem sie ihren Job aufgegeben hatte, gab es eine Zeit, in der es mir vorkam, als ob sie das Tief überwunden hätte. Da wirkte sie ausgeglichen, fröhlich, und als ich sie darauf ansprach, reagierte sie verschmitzt – mir fällt kein besserer Ausdruck dafür ein; verschmitzt –, ich müsse ja nicht alles wissen. Es schien ihr jedenfalls gut zu gehen. Das hielt allerdings nicht an.

Ich hätte mich mehr um sie kümmern sollen, auch wenn sie abblockte.

Den Vorwurf mache ich mir auch, sage ich. Als ob wir das Unglück hätten aufhalten können. Oder doch? Ich zumindest, die so lange mit ihr befreundet war, hätte aufmerksamer hinhören, hinsehen, mich mehr um sie bemühen sollen. Ich habe versagt.

Ich denke es nur, doch dieser Meinhardt spricht es aus: Da haben wir versagt.

Ich finde es anmaßend, dass er mich so ohne Weiteres einbezieht, ein wenig Eifersucht ist auch dabei – wie eng war Karla mit ihm befreundet? Ich sollte doch froh sein, dass sie außer mir Menschen kannte, die sie mochten.

Wenn man nicht allein lebt, sagt er, kann man sich wahrscheinlich kaum vorstellen, wie jemandem zumute ist, der, wie Karla, immer aktiv war, und dann von einem Tag auf den anderen zur Passivität verdammt wird, ohne jemanden zu haben, der einen auffängt.

Ihre Unabhängigkeit hat sie immer gepriesen.

Die sicher ihre Vorzüge hat, so lange man gebraucht wird.

Trotz meiner kleinlichen Konkurrenz-Gefühle gefällt mir der Mensch. Ich möchte mich später noch einmal ausführlicher mit ihm über Karla unterhalten. Durch ihre Tagebücher bin ich ihm gegenüber im Vorteil; ich könnte ihm erzählen, was ich weiß. Er will auf jeden Fall zur Beerdigung kommen.

21.

28. 7.

Dauerregen, es kommt mir vor, als hätte es immer schon geregnet und würde nie aufhören. Kathrins Pflanzen sind feuchtigkeitsversorgt. Manchmal habe ich nicht mal Lust, die Zeitung aus dem Briefkasten zu holen, Post kriege ich sowieso keine, außer ein paar Werbebotschaften der raffinierteren Art; die gewöhnlichen habe ich mir per Aufkleber verbeten.

Wem nützt mein Dasein? Wem hat es genützt, als ich mich um die Verbreitung dessen bemüht habe, was ich zuvor mitentwickeln konnte? Leben, Leben erleichtern, Leben erhalten, der ewige Kreislauf. Ich lebe. Es genügt mir nicht. Und es fehlt mir die Kraft, etwas zu tun, das mich vergessen macht, wie überflüssig ich bin. Wollte ich nicht die Biertrinker auf der Bank beobachten? Bei dem Wetter werden sie nicht dort sitzen. Feine Ausrede. Es wäre doch interessant, herauszufinden, wo sie sich aufhalten, wenn es regnet. In der Kneipe? Bei einem von ihnen zu Hause? Was machen sie sonst? Sind Obdachlose unter ihnen? Welche, die Arbeit haben? Was treibt sie zusammen? Selbst die Vermutung, dass sie sich oft treffen, ist eben nur eine Vermutung. Wie lange würde es dauern, ehe ich, die sie bestimmt sofort als eine aus artfremden Gefilden erkennen, so viel Kontakt zu ihnen bekäme, dass sie mir von sich erzählten? Und wozu das Ganze? Ich, die ich mir oft so wichtig vorkam, erkenne mich als ein lächerliches Nichts, das sich nicht einmal aufraffen kann, einkaufen zu gehen, um sich eine anständige Mahlzeit zu bereiten. Der Appetit ist weg. Anderen in solcher Situation hätte ich früher vermutlich gesagt: Lass dich nicht so hängen –

31.7.

Kathrins Karte ist gekommen! Ich wollte es mir nicht eingestehen – ich habe darauf gewartet. Von jeder Reise schreibt sie **eine** *Karte, zuverlässig. Noch nie war mir die so wichtig, noch nie habe ich mich so darüber gefreut. Hat sich mein Radius derart eingeschränkt oder werden mir jetzt menschliche Bindungen wichtiger – was eine Bereicherung sein könnte. Aber zu wem als zu Kathrin habe ich denn näheren Kontakt? Und – sie braucht mich doch gar nicht, sie hat ihre Familie. Oder? Auf jeden Fall bin ich immer die Außenseiterin, die geduldete.*

Sie schreibt vom Mond über der Loire, und ich bekomme Fernweh. Aber ich fürchte, es langt nicht mal bis zum Reisebüro, geschweige denn, einfach ein paar Sachen zu packen, mich ins Auto zu setzen und aufs Geratewohl loszufahren – ich käme sicher nicht weit. Alles schlapp, mein Hirn hängt im Ungewissen. In der Hölle, kann ich nicht sagen, da wäre es heiß und täte weh. Nicht einmal zum Wehtun reicht es, es ist alles dumpf, stumpf, fensterlos. Kathrins Karte ist wie ein schmales Licht unter der Tür, das zum Rausgehn lockt. Ich sollte den Augenblick nutzen.

Später, am Abend.

Ich habe wenigstens mal wieder ordentlich gegessen, und es hat mir sogar geschmeckt. Ich fange an, abzumagern, ich finde, das bekommt mir nicht. Ein Hoffnungszeichen? Als ich aß, wurde ich von einem ebenfalls allein dort sitzenden Mann gemustert, und das war mir nicht unangenehm. Ich lebe wohl noch. An den anderen Tischen saßen sie zu mehreren, meist zu zweit. Es hatte aufgehört zu regnen, man konnte draußen sitzen, es war angenehm warm.

Früher hat es mir nichts ausgemacht, allein in ein Restaurant zu gehen, ich habe es gar nicht als etwas Besonderes empfunden – jetzt fühle ich mich wie eine, der es an irgendetwas mangelt und die man deswegen bedauert. Nicht dazugehörig. Das Gefühl, überflüssig zu sein, verlässt mich nicht. Wenn ich die jungen Paare sehe, könnte ich neidisch werden. Absurd. Ich brauche mir nur die älteren zu betrachten, dann vergeht mir der Neid. Manche älteren Paare wirken allerdings so vertraut miteinander, dass ich es wieder schön finde. Da habe ich keine Chance mehr, ich bin überall nur die Dritte.

Alleinsein
Ist
Freiheit.

Ach hätt ich doch
Einen Gefährten
Für meinen Kummer
Für meine Freuden.

Freiheit
Ist
Allein
Sein.

Vielleicht kann ich heute mal wieder richtig schlafen. In letzter Zeit liege ich stundenlang in einem mattwachen Zustand, nicht mal lesen mag ich, und wenn ich morgens nach ein paar Stunden Schlaf aufwache, habe ich das Gefühl, Schreckliches geträumt zu haben, kann mich aber an nichts mehr erinnern.

22.

Zu erfahren, was ihr meine Karte von der Frankreichreise bedeutet hat, tut weh. Ein paar deutlichere Zeichen, und ich hätte mich anders verhalten. Unsere Wahrnehmung ist zu grob. Unsere? Meine. Ich denke da zu gradlinig, im Sinne von: Man kann es doch sagen, wenn man Hilfe braucht. **Ich** kann es. Und ich hätte wissen müssen, Karla konnte es nicht. Menschen wie ihr muss man den Hilferuf ersparen. Wäre sie so ein zartes, empfindliches Geschöpf gewesen, ich wäre vorsichtiger mit ihr umgegangen – Klischeedenken, es hilft nichts, ich muss es mir bescheinigen. Wäre es um ein Manuskript gegangen, hätte ich vermutlich gesagt: Widersprüche nicht vergessen – die Zarten sind oft die Zäheren!

Bei Annemarie kann ich mich darauf verlassen, sie sagt mir, wenn sie etwas benötigt. Außerdem hat sie Kinder, an die sie sich wenden kann. Selbst ihr Geschiedener würde ihr noch helfen – nicht gerade in Seelennöten (da sind vielleicht auch die Kinder nicht die günstigsten Adressaten), aber in praktischen Dingen, da bin ich sicher, würde ihr Georg nach wie vor beistehen. Und sie würde sich nicht genieren, ihn darum zu bitten; bei ihrem Umzug hat er ihr doch auch geholfen.

Ob Annemarie ein bisschen eifersüchtig auf Karla gewesen ist, weil sie gespürt hat, meine Beziehung zu ihr war die stärkere? Dann hieße das jetzt Erleichterung. Ich wage sie nicht danach zu fragen, weil es zu den Empfindungen gehört, die man sich selbst nur ungern eingesteht, geschweige denn anderen, Beteiligten; es würde nur zu Ausflüchten kommen, weil sie als kleinlich und beschämend empfände, was doch natürlich und verständlich ist. Vielleicht frage ich sie das mal, wenn wir beide altersheimreif sind; ich bin doch zu neugierig darauf, was Menschen denken und fühlen.

Nach etwas anderem könnte ich sie jetzt schon fragen: Wie lebt es sich, immer allein, ohne berufliche Arbeit? Als sie geschieden wurde, war der große Sohn bei der Armee, der Jüngere erst Vierzehn. Er wollte bei ihr bleiben, nicht zum Vater. Tagsüber der anstrengende Schuldienst, zu Hause der pubertierende Knabe, dessen altersbedingte Probleme durch die elterliche Trennung nicht gerade gemildert wurden. Da kam es dann vor, dass der Junge nach einer Auseinandersetzung wegen einer verhauenen Mathearbeit, bei der herauskam, dass er monatelang nichts für das Fach getan hatte, einfach verschwand. Weinend kam Annemarie zu uns, hoffend auf Rat, den wir ihr auch nicht geben konnten, bis der Vater, der vorher vergeblich versucht hatte, sie zu Hause zu erreichen, bei uns anrief, der Vermisste sei bei ihm, und er habe ihm klargemacht, dass er ihn zwar jederzeit mit Wissen der Mutter besuchen könne, ansonsten aber bei seinem Entschluss, bei ihr zu leben, bleiben müsse. Vom Anlass für den Streit hatte der Sohn bis dahin nichts erzählt. Um Konsequenz zu demonstrieren, brachte ihn der Vater noch am selben Abend zurück zur Mutter. Bedenkt man die Schwierigkeiten vieler geschiedener Frauen, war Annemarie noch in einer günstigen Situation mit ihrem Ehemaligen. Trotzdem verzweifelte sie manchmal, weil sie sich überfordert fühlte mit dem immer stärker auftrumpfenden Sohn. Aber sie hat es geschafft; Jürgen hat Slawistik studiert und arbeitet seit langem als Übersetzer für Nachrichtendienste. Mittlerweile gelten die Sorgen den Enkeln.

Wie war ihr nach ihrem letzen Arbeitstag in der Schule zumute? Da wohnten die beiden Söhne längst nicht mehr bei ihr. Im Gegensatz zu mir behauptete Annemarie, froh zu sein, wenn sie nicht mehr tagaus, tagein zum Dienst müsse, und das glaube ich ihr, zumal sie nach dem politischen Umbruch Schwierigkeiten mit den veränderten Erziehungskonzepten hatte und sich manchen Dreistigkeiten der Schüler gegenüber machtlos fühlte. Das muss aber keineswegs bedeuten, dass sie immer noch fröhlicherleichtert war, als sie nach den Schulferien das jahrzehntelang Gewohnte nicht wieder aufnehmen konnte und auch tagsüber allein zu Hause war. Ich kann mir überhaupt nur schwer vorstellen, wie es ist, wenn man immer allein lebt; hat Arno ohne mich etwas vor, sei es auch mehrere Tage, wie zu seinen Klassentreffen, genieße ich meine Unabhängigkeit, koche nicht, verabrede mich zum Kino, schlampampere vor mich hin oder räume etwas in Ruhe gründlich auf – ich fühle mich wohl, frei, habe aber immer im Hinterkopf, dass es Arno gibt, und ich freue mich, wenn er wieder da ist. Als unsere Kinder in dem Alter waren, da sie sich auf vielfältige Art verweigerten, widerspenstig zeigten, frech wurden, konnte ich mich immer mit Arno beraten, und Ingo hat er sich jedes Mal, wenn es nötig war, selbst vorgeknöpft, sehr entschieden, was entsprechend Wirkung zeigte. Mit Annett habe eher ich geredet, verhandelt, manchmal auch gezankt, aber meist konnte ich es in Ruhe tun, weil sich meine Wut schon vorher im Gespräch mit Arno gelegt hatte.

Das ist nun längst vorbei, aber Arno und ich sind uns nicht langweilig geworden, Streit ist selten und unbedeutend. Wie es einmal sein wird, wenn einer von uns stirbt, weiß ich nicht, ich bin auch unsicher, was ich besser fände: ließe ich Arno allein (dann bliebe mir der Kummer erspart) oder er mich, dann müsste ich ohne ihn zurechtkommen. Dann wäre ich allein wie Annemarie; wie Karla, hoffe ich, werde ich mich nicht zurückziehen und aufgeben. Ich lebe doch gern, und ich möchte, so lange es möglich ist, verfolgen, was auf dieser Erde geschieht und wie es meinen Kindern und Kindeskindern auf ihr ergeht. Wer weiß, vielleicht werde ich eines Tage noch Urgroßmutter? Oder, was noch schöner wäre, Arno und ich werden Urgroßeltern.

23.

Hildes Mann hat zum ersten Mal ihre Kochkünste gelobt. Erzählend bemüht sie sich um Ironie, versucht Freude und Stolz zu verbergen; Stolz nicht etwa darauf, dass sie schmackhaft kochen kann, sondern dass sie endlich einmal Anerkennung von ihrem Mann bekommen hat. Wie lange mag sie darauf gewartet haben. Oder längst aufgegeben, darauf zu warten, den Wunsch so tief in sich vergraben, dass sie gar nicht mehr gewusst hat, dass er existiert. Sie sieht gleich viel jünger aus.

Sie war übers Wochenende wieder nach Hause gefahren, um ihre Tochter zu treffen, wie sie sagte. Ihr Kurt scheint sie doch tatsächlich zu vermissen. So übel kocht die gar nicht, sagt sie von der Nachbarin, die ihn während ihrer Abwesenheit versorgt. Die Ehe ihrer Schwester wird Karla auch als Beispiel genommen haben, um ihre eigene Abstinenz zu begründen.

Ich habe darauf bestanden, dass der große Teppich liegen bleibt, bis ein Käufer ihn abholt. Hilde wollte ihn zur Schonung absaugen und einrollen, aber dann würden unsere Gespräche in dem fast leeren Zimmer so fremd hallen. Und wenn ein Fleck draufkommt? fragt Hilde besorgt. Kriegen wir schon wieder weg, sage ich. Bis jetzt ist er unversehrt geblieben, wir sehen uns doch vor.

Wir gehen mal wieder die Namen derjenigen durch, die benachrichtigt werden müssen. Ein Anruf ist neulich noch gekommen, als Hilde einkaufen war. Den Namen des Mannes fand ich hinterher unter den durchgestrichenen. Als ich ihm sagte, Karla lebt leider nicht mehr – ich brachte es diesmal ohne großes Zögern heraus –, schien er so verschreckt, dass er nicht weiter nachfragte, sondern nur: »Ach!« sagte, sich bedankte und wieder auflegte. Den habe ich offenbar völlig verwirrt; wer weiß, was er Karla hatte sagen wollen. Bei dem Professoren-Ehepaar geht niemand ans Telefon, vielleicht sind sie verreist, sie bekommen eine der inzwischen gedruckten Karten.

Den Apotheker-Peter möchte ich einmal anrufen, wenn Hilde nicht dabei ist. Ich kann es ja von uns zu Hause tun. Die Biologin, die ich einmal kurz hier bei Karla kennengelernt habe, hat sich in der vorigen Woche nicht gemeldet – jetzt versuche ich es noch einmal.

Sie ist da, aber die Stimme klingt anders als ich sie in Erinnerung hatte. »Nein!« Ist ihre heftige Reaktion, und als ich ihr sage, auf welche Weise Karla umgekommen ist, meint sie, das hätte sie ihr nie und nimmer zugetraut. »Ich war ihr eher ein bisschen böse, weil sie sich nicht mal nach mir erkundigte, obwohl ich ihr gesagt hatte, ich muss operiert werden.« An der Schilddrüse, sagt sie auf meine Nachfrage. Daher die veränderte Stimme; es wird noch ein Weilchen dauern, ehe sie wieder klingt wie früher. Irgendwann erwischt es uns alle mal, da kann ich froh sein, dass es nichts Schlimmeres war. Und: Karla sind solche Sachen ja nun erspart geblieben.

Das klingt ziemlich nüchtern, und ich weiß nicht, wie nahe ihr Karlas Tod geht. Auf jeden Fall will sie natürlich zur Beerdigung kommen.

Ich versuche, den Nächsten aus Karlas Verzeichnis zu erreichen – Anrufbeantworter. Die moderne Art der Kommunikation, die ich in dem Fall ignoriere. Am Abend, wenn die übliche Arbeitszeit beendet ist, werde ich einen zweiten Versuch machen; sollte wieder nur die Ersatzstimme zu hören sein, kriegt er eine Karte.

Ich werde jetzt den Oboisten anrufen, Christian Korten. Falls er da ist – soll ich ihn noch duzen? Das kommt darauf an, wie das Gespräch verläuft. Wir sind uns seit damals nicht mehr begegnet, ich habe ihn nur manchmal noch im Konzert gesehen, gehört. Wie lange ist die Liaison mit Karla her? Wahrscheinlich ist er inzwischen pensioniert. Ich wage es.

Anrufbeantworter, es ist zum Verzweifeln. Nein, es wird trotzdem abgehoben. Eine Frauenstimme, darauf war ich nicht gefasst.

Sie klingt freundlich, ruft ihren Mann. Dass ich daran nicht gedacht habe – natürlich kann er längst verheiratet sein.

Ich nenne meinen vollen Namen und höre an seiner Stimme, was ich nicht sehen kann: ein freudiges Erkennen. Ich bin erleichtert.

Bevor ich zum Anlass meines Anrufs komme, plaudern wir eine ganze Weile über unser eigenes Befinden; das Gängige, wenn man einander lange nicht gesehen hat. Er ist tatsächlich aus dem Orchester ausgeschieden, aber jüngst erst; in der vergangenen Spielzeit hätte ich ihn noch hören können (ich entschuldige mich, weil ich so lange in keinem Konzert war). Er unterrichtet aber noch an der Musikhochschule. Er war jünger als Karla, fällt mir ein.

Eine Pause nutze ich, um mit einem gedehnten ›Jaa‹ auf Karla überzuleiten.

Er ist ein guter Zuhörer. Gewiss ist auch er überrascht, aber er reagiert undramatisch, einfühlsam, wie ich finde, und wie ich ihn in Erinnerung habe. Dass sich Karla den hat entgehen lassen.

Wie oft in einem Gespräch, kommt der andere zur gleichen Zeit auf das selbe Thema. Karla habe mir sicher erzählt, warum es damals zwischen ihnen auseinandergegangen sei.

Nein.

Er überlegt offenbar, und ich sage ihm, er müsse es mir nicht sagen, wenn seine Frau zuhöre.

Die kennt die Geschichte, sagt er, und dann: Karlas Freitod – er sagt Freitod – überrasche ihn nicht wirklich. Sie konnte nicht nachgeben, sagt er, sich nicht fallen lassen, einem Gefühl einfach vertrauend überlassen. Wovor sie Angst hatte, weiß ich nicht – falls sie es selbst wusste, war sie nicht bereit, es mir zu sagen. Ich habe ja nicht aus Neugier gefragt, sondern weil ich das Gefühl nicht los wurde, sie hatte sich eingekapselt und litt letztlich darunter. Meinen Vorschlag, sich einem Psychologen anzuvertrauen, lehnte sie ebenfalls strikt ab, und da ich spürte, sie verhärtete sich eher mehr als dass sie lockerer würde, habe ich sie schließlich vor die Wahl gestellt, entweder Trennung oder eine psychologische Behandlung; wenn sie angefangen hätte, mir über sich zu erzählen, hätte ich das auch akzeptiert. Natürlich habe ich gehofft, sie entscheidet sich für die Gesprächsvariante, aber sie sagte nach kurzem Bedenken: Dann müssen wir uns eben trennen. Und wer sie kannte, wusste, da gab es kein Verhandeln, da war Schluss.

Ich nicke vor mich hin, frage ihn, ob er meine, Karla sei ein unglücklicher Mensch gewesen.

Was man sich gemeinhin unter einem unglücklichen Menschen vorstelle – sicher nicht. Aber ein bedauernswerter. Wäre sie gefühlsarm gewesen, hätte er sich gar nicht für sie interessiert – aber zuzusehen, wie sie sich künstlich beschneidet, das hätte er auf Dauer nicht ausgehalten. Dass sie sich umgebracht hat, ist für ihn nur folgerichtig.

In solchen Gesprächen komme ich auf Gedanken, die ich für mich allein gar nicht vertreten würde: Ist Karla mit ihrer Konsequenz nicht womöglich, wenn nicht glücklicher, so doch zufriedener gewesen als viele andere, die mehr oder weniger in alles reinschliddern?

Dem ›Reinschliddern‹ möchte er auch nicht das Wort reden, aber die Möglichkeiten, die einem die eigene Gefühlswelt bieten, einfach abschnüren, heißt für ihn, sich dem Leben verweigern.

Ein hartes Urteil, dem ich, denke ich an Karla, so nicht zustimmen kann. Das Wort bedauernswert dagegen trifft wohl auf sie zu, wenn sie es selbst auch weit von sich gewiesen hätte. Ich hätte es früher auch nicht mit ihr in Verbindung gebracht.

24.

6.8.

Morgens ist es am schlimmsten. Und an den Wochenenden. Warum ist das so? Einkaufen gehe ich ohnehin nicht gern. Sollte das noch der alte Rhythmus sein, der sich über Jahre hinweg eingebrannt hat? Es ist stiller draußen, die Wochentagsgeschäftigkeit fehlt auch akustisch. In den Familien, weiß man, herrscht die Langeweile, eskaliert statt erholsamer Beschaulichkeit bei vielen der Streit; wer ihn vermeiden will, nimmt sich etwas vor, was nicht zu Hause stattfindet. Ich kann mich nur mit mir selber streiten. Trotzdem sollte ich mir etwas außerhalb meiner vier Wände vornehmen, ich weiß es und kann mich doch nicht entschließen. Ich bin froh, dass ich mein Konzertabonnement bereits erneuert habe, ich freue mich schon auf das erste Konzert.

Merkwürdig, was wir alles tun, um uns Unentbehrlichkeit vorzugaukeln. Ich denke, jeden, auch den, dem es gar nicht bewusst wird, beschäftigt die Frage: Wozu bin ich eigentlich da? Darauf gibt es keine überzeugende Antwort, und um diese desaströse Erkenntnis zu vermeiden, erfinden wir uns Götter, die den Sinn angeblich kennen (und die alle mehr oder weniger eine geradezu lächerlich durchschaubare Ähnlichkeit mit uns haben), schaffen wir Kunstwerke aller Art, auch solche, die diese Qual direkt zum Inhalt haben, wie Goethes ›Faust‹; denken wir uns alle möglichen Ablenkungen aus, die Unterhaltung genannt und sinnigerweise zwecks Erhalt der Hierarchien zwi-

schen niedriger und gehobener unterschieden werden, wobei die Konsumenten der als höher bewerteten am liebsten gänzlich leugnen möchten, dass sie sich damit auch unterhalten. Am heftigsten aber möchten wir uns die Berechtigung, da zu sein, durch Arbeit bestätigen – vorzugsweise meine Methode – oder, am natürlichsten, durch Nachkommen.

Der Wunsch nach einem Kind wurde auch bei mir eine Zeit lang so intensiv, dass ich ihm beinahe nachgegeben hätte. Dann hätte ich jetzt eine über dreißigjährige Tochter. Oder einen Sohn. Eine Tochter wäre mir lieber. Was man sich alles zurechtspinnt. Wäre ich denn eine gute Mutter geworden? Ich stelle mir vor, in einer Arbeitsphase, in der ich am liebsten Tag und Nacht im Labor verbracht hätte, in der ich jeden Morgen mit fiebriger Neugier hingefahren bin, um zu sehen, ob ein erwartetes Ergebnis da ist, wäre das Kind krank geworden (und Kinder werden oft krank, wenn sie die Unruhe der Eltern spüren) – ich hätte zu Hause bleiben müssen, hätte versucht, meine beruflichen Neigungen zu überspielen, das Kind meinen Ärger nicht merken zu lassen, was es dennoch mitgekriegt und als Ablehnung empfunden hätte. Für ein Mutter-Sein wäre ich wahrscheinlich viel zu skrupelvoll gewesen. Anderen passiert vermutlich Ähnliches, aber sie denken nicht weiter darüber nach, und die Schäden werden ausgeglichen, indem die Kinder lernen, sich zu wehren, was sie stärkt. Glucken sind auch keine idealen Mütter.

Der Verzicht fiel mir damals schwer – und auch wieder leicht, weil ich mir einredete, meine Unabhängigkeit wäre mir wichtiger. Frei sein. Nun bin ich gänzlich frei – niemanden kann ich dafür verantwortlich machen als mich selbst. Meine Arbeitsstelle hätte ich nicht eingebüßt, die war zu dieser Zeit sicher. Die jungen Frauen heute schieben, wenn sie beruflich ehrgeizig sind, den Wunsch nach einem Kind immer wei-

ter hinaus, weil sie sich sorgen müssen, kraft irgendeiner Gesetzesumgehung ihren Arbeitsplatz zu verlieren und damit aus dem Rennen zu sein. Was ist nun wichtiger, der Beruf oder die Elternschaft? Ich könnte keiner raten, nur darauf hinweisen, dass das leichtfüßige Single-Dasein im Alter vielleicht nicht mehr so angenehm ist.

Ich habe mich zwar immer gegen das Besitzdenken gewehrt – ›mein‹ Mann, ›meine‹ Frau, ›mein‹ Kind – aber es ist eben etwas anderes, ob ich mit Kathrins Kindern und Enkeln gut auskomme, weil sie in mir die nette, verständnisvolle Tante sehen – oder ob es **mein** *Kind ist; da kann ich den Anspruch noch so lächerlich finden, er ist eben da und hat wohl auch seine Berechtigung. Es ist von Anfang an mein Produkt, ohne mich gäbe es diesen Menschen nicht. Nun stelle ich mir vor, wie es wäre, wenn meine Tochter mich besuchte, wir miteinander schwatzten, gemeinsam etwas unternähmen – als führte sie, wäre sie vorhanden, nicht längst ihr eigenes Leben, in dem ich nur wenig Platz hätte. Womöglich würde sie mich sogar gänzlich ablehnen, wäre mir spinnefeind –*

Das Dilemma beginnt mit der Ablehnung eines Partners. Einen Vater brauchen wir nicht, wir schaffen das alleine. Da kann uns nämlich auch keiner dreinreden. Ich weiß nicht, was andere für Gründe haben, sich an niemanden binden zu wollen, auffällig ist doch, wie viele es sind. Die miserable Vereinbarkeit von Beruf und Kind muss ja nicht gelten, wenn ich mit einem Erwachsenen zusammenleben möchte. Macht der Wille, sich beruflich zu behaupten, so egozentrisch, dass kein Raum bleibt für Nachgeben, für ein Miteinanderauskommen?

Meine Gründe kenne ich, es hätte an mir gelegen zu sagen, ich mache es besser – Misslingen nicht ausgeschlossen. Mit dem Vater zusammen lässt sich doch auch die Arbeit für ein Kind bes-

ser einrichten. Das Kind habe ich damals nicht bekommen, weil ich den Vater nicht wollte, und den habe ich nicht etwa abgelehnt, weil er so unpassend oder übel gewesen wäre, sondern weil ich Angst hatte, mich ernsthaft in ihn zu verlieben. Er – Peter; er hieß auch noch Peter! – gefiel mir immer besser, ich sehnte mich von einem Zusammensein zum nächsten, ich wollte es leugnen, doch ich spürte, es überwog nicht die körperliche Gier, das kampflustige Vergnügen, sondern etwas, was ich von früher her kannte – und nun fürchtete. Deshalb ist es auch passiert, dass ich schwanger wurde, mir war alle Vorsicht egal, vielleicht habe ich es mir sogar gewünscht. Peter Monk. Später hat es mir leid getan, wie ich ihn von mir gestoßen habe, er hat es nicht begriffen, er konnte es gar nicht begreifen, von einem Tag auf den anderen habe ich von ihm verlangt, mich nicht mehr anzurufen, mich zu meiden, zu vergessen. Keinen einzigen vernünftigen Grund konnte ich ihm angeben, von dem Kind wusste er nichts. Eine Weile habe ich noch geschwankt, ob ich es austragen soll und mich dann doch entschlossen, mich auch von ihm zu trennen.

Peter Monk. Das könnte der Zerkrakelte sein: unter M ist er eingetragen, die Länge des Namens passt auch. Ob es ihn noch gibt?

Ich sehe im immer umfangreicher werdenden Telefonverzeichnis nach: gleich zweimal steht da ein Peter Monk. Sollte ich beim Falschen anrufen – so überhaupt einer von beiden der Gesuchte ist – würde sich bei ihm eine Frau melden, die er nicht kennt und nach einer Frau fragen, die ihm ebenfalls unbekannt ist – dem möchte ich mich nicht aussetzen. Übernähme es Arno, wäre es unverfänglicher. Ob ich ihm das zumuten kann? So etwas macht er nicht gern.

Er spürt, dass ich ihn ansehe, unterbricht seine Lektüre. Wen ich im Telefonbuch gesucht habe. Neugierig ist er doch. Ich erkläre ihm kurz den Zusammenhang (dass ich Karlas Tagebücher lese, weiß er), sage ihm auch, warum mir ein Anruf etwas peinlich wäre – betone, für mich als Frau –, er nickt nur, scheinbar verständnisvoll. Man soll ein männliches Gemüt nicht überfordern.

25.

Für kommenden Sonntag hat Arno einen Freund eingeladen, Joachim Bleuel, mit dem auch ich mich gern unterhalte. Seit einiger Zeit reagiere ich nicht mehr empört, wenn Arno jemanden einlädt, ohne es vorher mit mir abzusprechen, weil ich nicht mehr für die Beköstigung der Gäste verantwortlich bin; Arno kauft ein und bewirtet sie. Neulich hat er sogar – mit mehrmaligen telefonischen Nachfragen in Karlas Wohnung – seinen ersten Kuchen gebacken, für den er überschwängliches Lob einheimsen konnte.

Joachim Bleuel haben wir erst nach der sogenannten Wende kennengelernt, genauer, zuerst lernte Arno ihn kennen, weil der Mann von Hamburg nach Berlin an die Uni kam, was bei den ehemaligen DDR-Kollegen erst mal Misstrauen auslöste, weil sie sich von den Westdeutschen überrollt fühlten, während sie selbst um ihre Stellung bangen mussten, teilweise behandelt wurden wie Drittklassige. Und so einen West-Kerl wollte Arno zu uns einladen! Ohne Frau. Geschieden? fragte ich. Nein, unverheiratet. Schwul? Die Frage irritierte Arno. Glaub ich nicht, meinte er etwas mürrisch. Also ein fast fünfzigjähriger Junggeselle. Altphilologe. Was für einen Langweiler wollte Arno denn da anschleppen, ich kündigte an, mich zurückzuziehen, wenn die beiden Männer sich im Fachlichen ausbreiteten. Du irrst, sagte Arno, das ist ein lebhafter, umgänglicher Mensch, flink im Denken und mit der Zunge, der kann ausgesprochen witzig sein, du wirst dich wundern. Ich war gespannt – und Arno hatte recht.

Joachim Bleuel ist seitdem öfter bei uns, auch wenn wir mehrere Gäste haben. Er ist ein anregender Gesellschafter, wenngleich er sich manchmal durch spitzzüngige Bemerkungen unbeliebt macht, die jemanden aus dem Osten betreffen, da sind wir doch nach wie vor empfindlich. Da kann es sich auch um eine Person handeln, die wir gar nicht sonderlich schätzen – einer ›von drüben‹ hat sich da keine Kritik anzumaßen, das hat er gefälligst uns zu überlassen. Das ist immer noch ein heikles Terrain, auf dem Westdeutsche leicht ausrutschen können; sie bedenken nicht, dass wir uns seit über einem Jahrzehnt genötigt sehen, unsere vergangene Lebensweise zu verteidigen. In einer kleinen Runde kann man mit jemandem wie Bleuel ruhig darüber reden, weil er aufmerksam zuhört und interessiert ist – in einem größeren Kreis machen solche Provokationen aber auch Spaß und beleben die Unterhaltung.

Andererseits ist Bleuel meist sehr höflich – **zu** höflich, wie ich zuweilen finde, weil Etikette das Zusammenleben nicht nur erleichtern, sondern auch behindern kann. Aber wir Frauen empfinden gerade diese Art der Aufmerksamkeit als angenehm, weil wir diesbezüglich von unseren Männern nicht eben verwöhnt waren.

Schon nach dem ersten Besuch bei uns brachte ich den Mann in Gedanken mit Karla zusammen. Der müsste ihr doch gefallen, dachte ich, einer, mit dem sie intellektuell fighten kann, er ist außerordentlich kunstinteressiert – Konzertgänger wie Karla, Schauspiel, Oper, bildende Kunst, und über all das weiß er auch sehr viel – er sieht gut aus, ist vielleicht ein paar Zentimeter kleiner als sie, aber warum sollte sie das stören. Ein bisschen kuppeln …

Bei nächster Gelegenheit lud ich beide zusammen ein. Arno war, was das Verkuppeln betraf, skeptisch – und er hatte recht. Die Gespräche verliefen, wie von mir erwartet, lebhaft, Karla und Bleuel überboten einander mit Bonmots (für mich ging das manchmal so schnell, dass ich gar nicht alles mitbekam), über DDR-Vergangenes waren wir nicht immer einer Meinung, doch das trübte keineswegs die Stimmung, aber ich merkte bald, das Herausfordernde, das Karla ausstrahlte, wenn sie an einem Mann als Mann interessiert war, blieb aus, und auch seinerseits war von einem Flirt nichts zu beobachten.

Natürlich habe ich Karla hinterher gefragt, und sie meinte, intellektuell sei der Mann ›ganz prima‹, auch menschlich finde sie ihn recht sympathisch, aber erotisch strahle er etwas aus, das wie ein Stoppzeichen wirke – bis hierher und nicht weiter. Mir war das bis dahin nicht aufgefallen; für mich käme er sowieso nicht in Betracht und mir fehlen auch die mannigfachen Vergleiche, die Karla ziehen konnte. Seine Kommunikationsfreudigkeit komme ihr vor wie eine ziemlich haltbare Oberflächenschicht, unter der es aber nicht so lustig aussehe. Damals wusste ich noch nichts von ihren eigenen Verletzungen. Aber wir könnten sie gern wieder einladen, wenn er auch da sei, sagte sie. Das ist noch öfter geschehen, und wenn wir viele Gäste hatten, haben die beiden immer miteinander geredet.

Karla behauptete, eine gute Theatervorstellung gehöre für Bleuel zum Schönsten, was er erleben könne; er lasse seine Leidenschaften andere auf der Bühne austoben.

In unterschiedlicher Weise trifft das zwar auf jeglichen Kunstgenuss zu, aber Karla meinte es als Wirklichkeitsersatz. Ich kann das nicht ausschließen. Bei aller Freundlichkeit bleibt Bleuel stets ein wenig distanziert, wir siezen uns nach wie vor, und das geht vor allem von ihm aus. Außerhalb seiner beruflichen Verpflichtungen hat er immer etwas vor, seien es Besuche von Menschen, von Theateraufführungen, Konzerten, Kunstausstellungen, für die er, wenn sie ihm wichtig genug sind, auch in andere Städte reist. Als ob er Angst vor einer Pause hätte. Er besitzt übrigens weder Auto noch Fernseher – wenn mir Arno das vor seinem ersten Besuch bei uns, zusätzlich zu den anderen Klischeestempeln, Altsprachler, Hagestolz, mitgeteilt hätte, ich hätte nicht nur einen Langweiler, sondern einen verschrobenen Kauz erwartet. Das ist er keineswegs, aber nach dem, was ich nach so vielen Jahren über Karla erfahre, überlege ich, ob ich ihre Hinweise auf ihn damals ernst genug genommen habe.

Bleuel wird erschrocken sein, wenn er erfährt, dass Karla tot ist.

26.

1.9.

Die Nächte werden kühler, ich schlafe wieder besser. Die Schule hat begonnen, gestern sah ich beim Fotografen an der Ecke stolze Zuckertüten-Besitzer.

Kathrin und Arno sind schon eine Weile wieder da, ich soll sie besuchen. Wir haben uns länger nicht gesehen. Habe ich mich verändert? Ich mag keine Fragen nach meinem Befinden. Kathrin weiß das und nimmt Rücksicht, aber ich möchte auch nicht schweigend gemustert werden. Ich werde zur Mimose, ich kann mich selbst nicht mehr leiden.

Auf dem Konzertprogramm für nächste Woche stehen Mozarts c-moll-Klavierkonzert und Strawinskys Psalmen-Sinfonie – ein schönes Programm. Es ist für mich auch wieder ein wenig Normalität, Freude und Ablenkung. Dass ich die noch einmal nötig haben würde –

3.9.

Bei Arno und Kathrin fühle ich mich, als gehörte ich zur Familie. Wir kennen uns nun schon so lange.

Heute wieder das Sonntagsgrau. Diese Ruhe ist wie ein Gefängnis. Wir hätten den heutigen Tag für den Besuch vereinbaren sollen, dann hätte ich mich noch länger darauf freuen können, und morgen, am Montag, ist es nicht mehr so schlimm.

Lange darf das nicht so weitergehen mit mir, entweder ziehe ich mich à la Münchhausen selbst aus dem Schmodder oder ich gebe mich gänzlich auf. Was soll ich noch. Die einzige Rettung: Meine Nutzlosigkeit vergessen, überspielen. Alles Lüge.

Blass sah sie aus, das weiß ich noch. Blass, wo ich Sonnenbräune erwartet hatte. Karla hatte zwar gesagt, sie will nicht verreisen, aber man kann den Sommer ja auch mit kürzeren oder längeren Ausflügen genießen: Wälder, Seen in der Umgebung; mit dem Auto wäre sie überall hingekommen. Und Karla wurde rasch braun, worum ich Blassblonde sie immer beneidet habe; ich muss mich vor Sonnenbrand hüten. Ein bisschen schmal sah sie auch aus, aber das beachtete ich nicht weiter, sobald wir miteinander redeten. Da war keine Veränderung zu bemerken – oder hätte ich sie bemerken können? Mein Gewissen wird nun arg strapaziert, ich könnte Trost gebrauchen, Trost, den Karla wahrscheinlich auch als Lüge bezeichnen würde …

Sie war eine ausgezeichnete Darstellerin ihrer Person. Als ich sie fragte, wie sie sich fühlt ohne berufliche Arbeit, sagte sie nur: Gut! Und sagte es so, als wünsche sie, das Thema damit zu beenden. Das hätte mich stutzig machen können, stattdessen wäre ich mir rücksichtslos vorgekommen, hätte ich weitergefragt. Ihre Reaktion war ja nicht verwunderlich; dass ihr der Berufsausstieg kein Vergnügen bereiten würde, war klar, und ebenso entsprach es ihrem Wesen, Mitleid für sich abzulehnen.

Unter meiner Anleitung hat Arno eine Quarktorte ohne Teigboden gebacken, von der wir wissen, Bleuel isst sie gern.

Ich bin etwas beklommen, esse nur wenig, weil ich den günstigsten Zeitpunkt abwarten will, an dem ich ihm von Karla erzählen kann; Arno überlässt es wie selbstverständlich mir, so unangenehme Botschaften zu überbringen. Doch was ist der günstigste Zeitpunkt? Hätte ich es schon gleich am Anfang, vorm Kaffeetrinken, sagen sollen? Jetzt, während Bleuel es sich schmecken lässt, geht es jedenfalls nicht.

Er scheint etwas von meiner Unruhe zu merken, ist aber zu höflich, um danach zu fragen.

Es wird nichts mehr gegessen, Arno gießt uns noch einmal Kaffee ein, ihm ist klar, dass ich jetzt etwas sagen werde, es herrscht ein Schweigen, das Bleuel unsicher werden lässt.

Ich frage ihn, wann er das letzte Mal etwas von Karla gehört hat.

Verwundert sieht er mich an. Er wisse es nicht genau.

Sie lebt nicht mehr. So schwer ist es mir noch nie gefallen, das auszusprechen.

Bleuel sieht mich noch immer an, sieht dann vor sich hin, schweigt. Er möchte offenbar vermeiden, seine Erschütterung zu zeigen, die nicht geringer wird, wenn er erfährt, sie hat sich das Leben genommen. Er tut mir leid, er kam so heiter an, brachte weiße Lilien mit, die manche als Totenblumen bezeichnen, was ich albern finde. Ich bin die Zerstörerin dieses Nachmittags, und ginge es nur um diesen Nachmittag, wäre es erträglich.

Arno rettet uns mit einer Floskel: Sie war schon ein eigenartiger Mensch, sagt er.

Dankbar greift Bleuel es auf: Gerade das habe sie interessant gemacht für ihn. Es kommt heraus, er gehört nicht zu denen, die Karla nie und nimmer zugetraut hätten, sich umzubringen. Ihre forsche Art sei für ihn immer ein Signal für eine gewisse Gefährdung gewesen. Erstaunlich; zeigt sich da eine Verwandtschaft, die ihn das erspüren ließ, oder ist er einfach der bessere Psychologe?

Über Menschen und die vielfältigen Gründe für ihr Handeln kann ich mich mit ihm besser unterhalten als mit Arno, der solchen Inspektionen lieber ausweicht – es sei denn, es handelt sich um Kunstfiguren. Auch ein Realitätsersatz. Für Bleuel scheinen solche Überlegungen selbstverständlich zu sein, und ich habe den Eindruck, er lässt sich selbst dabei nicht aus. Darüber spricht er aber nicht, und die schon erwähnte Distanz, auf die er Wert legt, hält mich davon ab, ihn zum Beispiel nach Parallelen zu Karla zu fragen. Ich denke aber, wie er auf die Nachricht reagiert hat, verrät einiges.

Er ist sichtlich froh, dass wir darüber reden, so kann er auch verallgemeinern. Selbstmord, sagt er, ist der letzte Akt der Freiheit, der einem Menschen möglich ist.

Ohne Zurückhaltung sehe ich ihn an. Auf Freiheit, sage ich, hat Karla immer viel Wert gelegt, darauf, sich an niemanden zu binden.

Bleuel ist feinfühlig genug, um zu ahnen, dass ich vor allem ihn damit meine. Gehe ich zu weit? Was weiß ich von seinen Gründen.

Arno sitzt schweigend dabei; ihm ist unbehaglich. Gleich wird er sich etwas einfallen lassen, um das Gespräch zu unterbrechen.

Aber Bleuel bleibt souverän. War sie deshalb leichtfertig?

Das verneine ich, muss aber zugeben, dass sie manchmal durchaus rücksichtslos sein konnte.

Gegen wen?

Soll ich ihm von ihrem Umgang mit Männern erzählen? Dazu habe ich keine Lust. Lieber allgemein. Meinen Sie nicht, dass das Beharren auf der eigenen Freiheit oft die der anderen einschränkt?

Ob ich meine, dass andere weniger egozentrisch handelten.

Ach nein, das kann ich leider nicht behaupten. Mir geht es ja auch viel mehr um die Furcht, sich auf einen anderen Menschen einzulassen, zu glauben, etwas – seine Freiheit – zu verlieren, wenn man das tut. Wo früher in unserem Haus Paare, Familien wohnten, sage ich, leben heute lauter Singles.

Du weißt doch gar nicht, ob die sich nicht noch mit jemandem zusammentun, mischt sich Arno ein.

Ärgerlich will ich etwas erwidern, merke aber, dass ich nur ratlos bin. Ratlos und verzweifelt. Kann sein, sage ich resigniert.

Bleuel überlegt, entschließt sich zu einer Frage: Gab es einen bestimmten Anlass für – diese Tat? Auf einmal scheint er ein Wort wie Suizid zu scheuen.

Nun erzähle ich ihm von Karlas Tagebüchern und meiner Weise, sie zu lesen: stückweise; alles auf einmal, dazu hätte ich keine Zeit und ich ertrüge es auch nicht. Und das Ende vorwegzunehmen, fände ich nicht gut. Ich kann seine Frage also erst später beantworten.

Wir verlassen das Thema. Es bleibt ein trauriger Nachmittag.

27.

8. September 2000, nachts.

Wieder kann ich nicht schlafen, aber aus einem vollkommen anderen Grund: Ich habe mich verliebt. Innerhalb kürzester Zeit wusste ich es, und ich habe mich nicht dagegen gewehrt, wehre mich auch jetzt nicht. Eine andere Art Leben ist möglich.

Am liebsten wäre ich den ganzen Weg vom Konzerthaus bis hierher gelaufen, aber ich wollte das Auto nicht dort stehen lassen, so habe ich noch einen Spaziergang in meinem Viertel gemacht, bin zwischendurch immer wieder stehen geblieben und habe mir verwundert bestätigt: Ich habe mich verliebt. Verwundert. Von einem Wunder getroffen. Und das mir, nachdem ich mich seit meinen Jugenderlebnissen erfolgreich dagegen gesträubt habe. Es ist so erleichternd, sich nicht mehr zu sträuben. Und wenn ich den Mann nie wiedersehe? Das wäre nun wiederum kein Wunder in dieser Riesenstadt. Ich muss ihn wiedersehen, ich bin voller Zuversicht, dass ich ihn wiedersehe. Vielleicht abermals in einem Konzert?

Den Ausspruch ›Liebe auf den ersten Blick‹ habe ich immer für eine Wunsch-Erfindung gehalten. Hätte mir jemand prophezeit, mir passiert so etwas, ich hätte mich über ihn lustig gemacht. Ich kenne den Mann doch gar nicht.

Ein Blick, und ich wusste: Er gefällt mir. Ein zweiter: Er gefällt mir sehr. Und er? Ich habe ja nicht nur ihn angesehen, sondern er ebenso mich. Ob er – wie ich – bereits während des Mozart-Konzerts entdeckt hat, dass unsere Rang-Plätze fast ei-

nander gegenüberliegen? Vielleicht hat er – wie ich – ein Abonnement, dann wäre das Wiedersehen sicher. Vielleicht hatte er das Abonnement auf diesen Platz auch schon vorher, ich habe ihn nur nicht gesehen. Das kommt mir heute fast unmöglich vor, und doch muss so viel zusammenkommen, damit es einen trifft – vielleicht musste ich erst zum Sterben bereit sein, um etwas in mir anzurühren, was noch nicht tot war. Und ich bin bereit, es anzunehmen, zu leben.

Nach der ersten Musterung an der Garderobe – dem Sitzplatz nach hätte er seinen Mantel eigentlich auf der gegenüberliegenden Seite abgeben müssen, fällt mir ein – bin ich den Gedanken an ihn nicht mehr losgeworden. Sobald ich auf meinem Platz saß, bin ich mit den Augen den Saal abgegangen, unten, oben, die Reihen, die Plätze einzeln, wissend, dass die beiden Ränge auf meiner Seite meinen Blicken entzogen sind.

Als ich ihn endlich sah, war das Erschrecken und Freude zugleich. Während der Musik habe ich gar nicht oft hinübergesehen, ich wusste, er ist da, und ich würde in der Pause versuchen, ihm zu begegnen – was in dem großen Haus nicht einfach ist. Beruhigt konnte ich mich auf Mozart konzentrieren – er würde ja nicht davonlaufen – und die mir bekannten Töne, wundervoll zart und kräftig gespielt von der Japanerin Mitsuko Uchida, lösten in mir nicht nur, wie häufig, eine Spannung, die mich sonst offenbar hält – sie schienen mich von allem befreien zu wollen, was mich in der letzten Zeit niedergehalten hatte. Es gibt kein Dauerglück, aber es gibt glückliche Momente, Minuten, vielleicht auch Stunden – heute war ich seit langem, langem wieder einmal richtig glücklich.

Am Tag darauf.

Trotz des wenigen Schlafs bin ich ganz wach. Überwach. Ich gehe in meiner Wohnung umher, aber sie ist mir kein Käfig, sondern Auslauf. Nicht oft genug kann ich mir die gestrigen Szenen wiederholen, versuche mir vorzustellen, wie er aussieht, sich zu mir verhielt und bin unzufrieden, wenn sein Bild verschwimmt. Wie lange wird es halten, bevor es von der Wirklichkeit erneuert wird?

Die Lähmung der vergangenen Wochen ist umgeschlagen in den Drang, nach draußen zu gehen, um ihn zu suchen. Rational betrachtet ziemlich chancenlos. Aber Rationalität hilft da nicht weiter, was gestern mit mir geschehen ist, lässt sich so auch nicht begründen.

In der Pause bin ich ihm tatsächlich wieder begegnet. In der Menge, die sich durchs Haus bewegte, habe ich ihn ausgemacht, als wäre er mit einem Leuchtzeichen versehen. Und das, obwohl ich nicht etwa als erstes sein Gesicht, sondern seinen Hinterkopf sah! Ich könnte nicht einmal sagen, was Besonderes an dem ist, graue Haare haben viele Männer, auch große, etwas über den Durchschnitt ragende, das ist nicht ungewöhnlich.

Buchstäblich gedrängt habe ich mich durch die Menschen, um zu ihm zu gelangen, und als ich ihn eingeholt hatte und mich umdrehte, hatte er mich schon entdeckt. Früher wäre ich auf den Mann zugegangen, um ihm etwas zu sagen, was kaum verborgen hätte, dass ich an ihm interessiert bin. Ums Verbergen ging es mir gestern auch nicht, ich wollte ihn meine Zuneigung schon wissen lassen, aber gleichzeitig war da eine wunderbare Hemmung, die mir zu sagen schien: Wenn du es überstürzt, beraubst du dich der Zeit der Erwartung. Obgleich unvernünftig, weil ich nun nicht weiß, ob und wann ich dem Menschen wieder begegne, war dieser Verzögerungswunsch so stark, dass er auch auf ihn ausgestrahlt haben muss, denn nach einem wahrlich hemmungslos intensiven Blick, nach dem ich Mühe hatte, mich aufrecht zu halten, ist auch er nicht auf mich zugegangen, sondern hat mich nur weiter beobachtet, obwohl ich glaube, eine Frau anzusprechen, ist ihm nicht fremd und bedarf keiner besonderen Überwindung. Das Bedürfnis, etwas zu trinken, schwand, ich hätte dafür in einen anderen Raum gehen müssen, und da er es nicht tat – versagte er es sich meinetwegen? –, wanderten wir mit den anderen Leuten durch die Gänge bis nach draußen zur großen Treppe; noch ist es warm genug und es regnete nicht, sodass man gern an die frische Luft ging. Doch während es sich auf dem Weg dorthin problemlos in der Nähe des Anderen schlendern ließ, wurde es auf dieser Treppe, auf der das Publikum nicht so dicht stand, etwas heikel – zwei Einzelwesen, die einander immerzu mustern (in unserer Nähe lauter Paare), das kann peinlich werden, was mir der Ernsthaftigkeit meiner Gefühle und Absichten nicht gemäß schien. So bin ich die Treppe hinuntergegangen, einmal um das Konzerthaus herum, und als ich wieder hinaufstieg, war er verschwunden. Es klingelte auch schon, und ich ging zu meinem Platz. Schräg gegenüber schien jemand auf mich gewartet zu haben.

Die Psalmen-Sinfonie mit ihrer manchmal bedrohlichen Rhythmik, Dramatik, aber auch wieder einer geradezu archaischen Ruhe und Zuversicht (ich habe die CD heute schon zweimal aufgelegt) lag manchmal quer zu meiner Stimmung, ich wurde von Erinnerungen besetzt, manchmal hatte ich das Gefühl, sie würden mich sprengen – auf Musik reagiere ich fast immer unmittelbar und schutzlos. Der dritte Satz hat mich gerettet, sodass ich einigermaßen gesammelt zur Garderobe gehen konnte, nachdem ich gesehen hatte, mein Gegenüber erhob sich ebenfalls.

Unten war er nicht zu erspähen. Sollte er mich ansprechen, hatte ich mir vorgenommen, würde ich mich nicht verweigern – lieber wäre mir, wenn es später geschähe. Aber er war gar nicht da.

Er stand vorm Ausgang, so, dass er mich nicht übersehen konnte. Er schien auf mich gewartet zu haben, wollte offenbar auf mich zukommen, als mir etwas einfiel, was ihn zurückhalten konnte: ich grüßte ihn, als kennten wir uns, mit Sympathie, keineswegs abweisend. Überrascht grüßte er zurück, und ich ging ohne zu zögern zu meinem Wagen, der etwas abseits in einer Seitenstraße stand. Er ist mir nicht hinterhergekommen.

Morgen ist Sonntag. Ich habe keine Angst davor.

11.9.

Heute habe ich meinen Balkon beblümt – ein paar Wochen können mich die Blüten vielleicht noch erfreuen, bevor sie in der Kälte erstarren. Vor der Hausrenovierung war nur ein halbhohes Gitter vor der Tür, weil die alten Balkone irgendwann wegen Abbröckelns, vielleicht auch wegen völliger Einsturzgefahr abgerissen wurden. Bisher war mir die Gärtnerei zu mühselig – jetzt habe ich viel Zeit, und ich bin gespannt, wie die Pflanzen bei mir gedeihen. Die von Kathrin habe ich ja auch immer richtig versorgt, sie kennt sich sowieso aus, ich kann sie nach manchem fragen.

Eigenartig. Da stehe ich an der geöffneten Balkontür und betrachte mein heutiges Werk, das ich früher für unwichtig erklärt hätte. Was ist denn wichtig? Es war eine kleine Anstrengung, aber es ist doch sehr schnell gegangen. Meine frühere Arbeit erforderte viel Geduld, ehe man ein Ergebnis sehen konnte, und das war nicht immer das erwartete, erhoffte, meist auch nur ein Teilstück auf dem komplizierten Zickzackweg zu einem Medikament, das dann auch noch eine ausführliche Erprobung in der Praxis bestehen musste. Die meisten Menschen halten diese Arbeit für langweilig – für mich war sie immer voller Spannung, die mich ausgefüllt hat. Alles andere gehörte dazu, Kunsterlebnisse, Männer, wenige Freundschaften – Menschen standen kaum an erster Stelle. Und nun soll es ein einziger sein.

Ich komme mir vor wie eine nach einem dumpfen Fieberschub Erwachte. Ich sehe aus dem Fenster: Sonne. Ich habe wieder Lust, etwas für mich zu tun, ich möchte gut aussehen, soweit das noch möglich ist. Mein Alter hatte ich fast vergessen. Ich schätze, er ist ein paar Jahre jünger als ich, das war meist so mit den Männern, auf die ich mich eingelassen habe. Eigentlich unwichtig. Trotzdem – der Verfall hat längst begonnen, ich werde mich bemühen, ihn ein bisschen aufzuhalten.

Männer, die allgemeiner Ansicht nach zu meinem Alter passen würden, haben meist so etwas Opahaftes, das könnte mich nicht animieren. Ich sehe ja auch nicht aus wie Oma, und die Falten machen es doch nicht. Ältere Männer sehen sich nach jüngeren Frauen um – warum nicht ältere Frauen nach jüngeren Männern? Wir wollen doch nicht von der Biologie reden, wir sind doch keine Tiere – das Tierische in uns bezähmen wir kulturvoll (haha!).

Würde mir der Mann, um den es geht, auch so gut gefallen, wenn er zehn Jahre älter wäre? Ich weiß ja nicht, wie alt er ist, ich nehme mal an, achtundfünfzig – zehn Jahre älter könnte er auch noch ganz attraktiv aussehen. Alles Spekulation. Er ist nicht so alt, das ist sicher, aber wenn ich ihm zu alt wäre, hätte er mich nach näherem Hinsehen nicht weiter beachtet. Doch wäre es Augenwischerei, wollte ich bei allem, was ich mir von den Eigenschaften dieses Menschen erhoffe – Intelligenz, Sensibilität, geistige Beweglichkeit, Aufmerksamkeit – leugnen, dass er mich erotisch an- und aufregt. Sexualität ist wohl immer der Ursprung, was da auch folgen mag.

Nichts davon hat Karla mir erzählt. Es erklärt nur im Nachhinein einiges. Was daraus wurde, werde ich sehen – lesen –, es hat sie jedenfalls nicht am Leben halten können. Im Übrigen kann ich ihr nur beipflichten: Sie sah für ihr Alter nicht nur so gut aus, weil sie kaum weiße Haare hatte und eine vergleichsweise feste Haut, sondern weil sie sich mit einer Raschheit und Frische bewegte, die andere in diesem Alter längst eingebüßt haben. Mit Karlas Attraktivität konnte ich ohnehin nie mithalten, aber auch das Altern ist bei mir schneller gegangen. Ob ich omahaft aussehe, wie Karla es ausdrückt, kann ich nicht beurteilen; ihre Schwester Hilde hat etwas davon. Wie man damit umgeht, ist gewiss unterschiedlich – dass Altwerden ein Vergnügen ist, kann ich wahrlich nicht behaupten. Wohl aber, dass es leichter fällt, wenn man einen Partner hat, von dem man weiß: Er liebt mich so wie ich bin.

28.

Das Nicht-miteinander-auskommen hat sich ausgebreitet wie eine Seuche. Ich habe immer verteidigt, dass in der DDR Ehescheidungen leicht gemacht wurden, man benötigte keinen Rechtsanwalt und die Kosten waren niedrig. Ein ›Schuldig‹ gab es sowieso nicht. Aber ich denke, oft hat man da auch zu schnell geschieden; Liebe wurde mit Verliebtsein verwechselt, unvermeidliche Krisen durchzustehen, war vielen zu mühsam. Solange es nur die Eheleute betrifft, brauchen nur die damit fertig zu werden (damals gab es noch nicht so viele kinderlose Ehepaare wie heute); müssen Kinder die Erfahrung machen, dass Bindungen nicht verlässlich sind, wird es zum Drama, meist unterschätzt, weil Kinder ihre Not nicht so artikulieren können, wie Erwachsene sich das vorstellen. Selbst wenn die Eltern weiter freundschaftlich miteinander auskommen und derjenige, der aus der Gemeinschaft auszieht, sich weiter um die Sprösslinge kümmert – die Trennung der Familie ist in jedem Fall eine schwierige Situation für ein Kind. Ist es also besser, wie Karla auf Nachwuchs zu verzichten? Ein Dilemma, für das ich keine Lösung weiß.

Meine Freundin Sabine habe ich bis heute nicht gefragt, warum sie keine Kinder hat, weil sie sehr empfindlich ist und ich ihr nicht wehtun möchte. Vielleicht ist das falsch, vielleicht würde sie gern darüber reden, vermag das Thema aber selbst nicht anzusprechen? Ach, wie viel leichter ist es doch mit Menschen, bei denen man sicher sein kann, sie ziehen sich nicht gleich in ihr Schneckenhäuschen zurück, sobald man an etwas rührt, was sie einmal verletzt hat.

Im Gegensatz zu Karla ist für Sabine Sex eher etwas Unangenehmes. Sie hat ihn offenbar als Gewalt erlebt, auch mit ihrem geschiedenen Mann, der darin bedürftiger war als sie und ein Verhältnis mit einer anderen Frau begann, weshalb sie meint, alle Männer brauchten mehrere Frauen, was sie natürlich abstoßend findet.

Sie lebt nun schon lange allein, hat auch keinen Kontakt mehr zum Theater, an dem sie viele Jahre engagiert war. Nach allem, was ich dort von ihr gesehen habe, halte ich sie für eine sehr gute, sensible und aparte Schauspielerin, die sich aber immer verschreckt zurückzog, sobald Rücksichtslosere sie beiseite schoben. Sie konnte sich nicht wehren. Das hat sie in einem Beruf, zu dem eben auch Durchsetzungskraft gehört, in die Isolation getrieben. Bereits in ihrer Familie ist sie offenbar die Außenseiterin gewesen mit ihren künstlerischen Ambitionen, ihren ästhetischen Ansprüchen, sodass sich ihre Psyche allmählich einen Ausweg suchte: Immer weniger Speisen konnte sie essen, immer mehr sortierte sie als für sich unverträglich aus. Inzwischen isst sie keinerlei Fett mehr, nur eine bestimmte Brotsorte (Weizen ist ganz schädlich! behauptet sie), Obst und Gemüse, aber auch da nicht alles. Als ich ihr einmal Honigkuchen aus dem Öko-Laden anbot (Roggenvollkorn, kein Fett!), studierte sie die Zutatenliste auf der Verpackung genau, aß vorsichtig eine Scheibe und horchte dann lange und intensiv in sich hinein, ob sich nicht etwa ein Bauchgrimmen bemerkbar mache. Ich glaube, wenn ich mich lange genug darauf konzentrieren würde, ob mir etwas wehtut, täte mir nach einiger Zeit auch etwas weh.

Darf jemand medizinisch begründet etwas nicht essen oder trinken, hat das kaum so umfassenden Charakter, und bei einer Einladung berücksichtigt man das gern; ein derart exzentrisches Essverhalten wie das von Sabine hat etwas Abweisendes, Ungeselliges. Dennoch würde sie sicher bestreiten, dass sie damit auf sich aufmerksam machen möchte, denn in Gesellschaft redet sie keineswegs über diese Animositäten, sondern isst einfach still nichts. Trotzdem treffe ich mich lieber ab und zu mit ihr allein, weil sie es womöglich fertigbringt, eine Einladung nicht wahrzunehmen, wenn ihr astrologischer Kalender sie davor warnt. Denn der Sterndeuterei hat sie sich mittlerweile auch anheimgegeben. Da wird ihr vorausgesagt, ob ein Jahr gut oder schlecht für sie verlaufen wird. Auch mir wollte sie anhand meines Geburtsdatums solches vorhersagen; seit sie aber weiß, dass ich das als Humbug ablehne, versucht sie es nicht mehr. Kann man doch so wunderbar die Sterne verantwortlich machen, wenn etwas schief läuft oder man unglücklich ist! Sabine will nicht sehen, wie abhängig sie sich macht, wenn sie sich auf etwas beruft, das außerhalb ihres Willens liegt. Ausgerechnet vor meiner Krebsoperation verkündete sie mir am Anfang des Jahres, das werde ein glückliches für mich werden, und als ich sie am Ende fragte, was denn daran für mich glücklich gewesen sei, meinte sie: Dass deine Operation so günstig verlaufen ist! Sie merkt nicht, wie sie sich die Geschehnisse zurechtbiegt, damit sie in das Sterne-Konzept passen.

Auch mit ihrer Wohnsituation fesselt sie sich. Sogar Arno, der sich sonst gern von solchen Problemen fernhält, hat einmal auf Sabine eingeredet, da helfe nur: Ausziehen! Ihre Wohnung ist sehr klein, das Haus wurde noch nicht renoviert, was erträglich wäre, wohnte nicht über ihr ein grober, ordinärer Kerl, dem es Freude zu machen scheint, sie zu beschimpfen (»Drecksau!«, »Nutte!«; für nichts davon gibt es einen Anhaltspunkt), der in dem dünnwandigen Haus offenbar rücksichtslos laut ist, sodass sie, wenn sie sich zu Hause aufhält, mittlerweile regelrecht darauf lauert, ob der da oben mit seinem Anhang ihr nicht wieder einen Tort antun will. Im vorigen Herbst gipfelte das darin, dass sie lieber im Kalten saß, als die Gasheizung aufzudrehen, weil »der bloß darauf wartet, dass ich heize, damit er es warm hat.« Nach dem Motto: ›Schad't nischt, dass mir meine Hände erfriern, warum kooft mir meine Mutter keene Handschuhe!‹

Ich bekam Angst um sie, sah sie in der Psychiatrie enden. Zum Heizen konnte ich sie überzeugen, aber die Abhängigkeit von ihrem Übermieter ist geblieben. Sie wagt nur nicht mehr so oft, sich über ihn zu beklagen, weil sie weiß, dass ich ihr als Antwort nur einen Umzug empfehle. Das schaff' ich nicht mehr! klagt sie dann, und: Ich habe doch immer Pech mit meinen Nachbarn, das ist in der neuen Wohnung bestimmt wieder so! Ob ihr das auch die Sterne prophezeien? Es ist ihr jedenfalls kaum zu helfen, weil sie nicht begreifen will, wie viel von ihrem Elend an ihr selbst liegt. Das ist so traurig, denn sie ist nicht nur ein liebebedürftiger, sondern auch ein lieber Mensch, schenkfreudig, der Natur zugetan; oft erzählt sie von einer Amsel, die täglich ans Fenster kommt, um von ihr gefüttert zu werden, und auf Waldspaziergängen kann sie ganz leicht und locker plaudern, manchmal auch sehr schön etwas rezitieren (sie hat ein wesentlich besseres Gedächtnis für Texte als ich); es gibt etliche Themen, über die ich mich gern mit ihr unterhalte, weil sie kunstempfänglich und -verständig ist und von einem besonderen Gespür für Farben, Formen und Materialien; für schöne Stoffe, Kleider und Schmuck vermag sie sich regelrecht zu begeistern. Doch ihre Einsamkeit macht sie zu einem Menschen, der sich nicht mehr beurteilen kann und hilflos alles einer ominösen Bestimmung zuschreibt.

29.

23.9.

Meine Phantasie ist besetzt. Was könnte er für einen Beruf haben? Wie lebt er? (Allein, natürlich!) Lebt er schon lange hier? Nach ehemaligem DDR-Bürger sieht er nicht aus. Woran will ich das erkennen? Eine gewisse Weltläufigkeit scheint ihm eigen zu sein, das war bei unseren Leuten nicht üblich. Einen introvertierten Eindruck macht er nicht, vielleicht hat er sogar viel mit Menschen zu tun. Jurist? Natur- oder Geisteswissenschaftler? Journalist? Fotograf? Die Überraschung bleibt. Was macht mich eigentlich so sicher, dass ich ihn wiedertreffe? Etwas, was ich nicht begründen kann, weshalb ich diesem Gefühl früher mit Misstrauen begegnet wäre. Da paart sich der Wunsch mit meiner zuversichtlichen Stimmung, die vielleicht aus einer Kraft kommt, die in mir steckt und nicht zulässt, dass ich auf Dauer in Depressionen verharre.

Kathrin hat mich gestern erstaunt angesehen und behauptet, ich sähe aber gut aus. Ich möchte es gern glauben, auch, dass es nicht nur an meinen neuen Klamotten liegt, die ich ihr stolz wie ein Teenager vorgeführt habe. Ich muss achtgeben, dass ich nicht vor lauter Lebensfreude ›die Würde des Alters‹ vergesse und mich ungebührlich benehme, nach dem Motto: Bei der Alten piept's wohl! Kathrin meinte, ich hätte auch wieder Farbe bekommen; neulich hätte ich so blass ausgesehen. Kein Wunder, ich gehe wieder an die Luft, täglich, manchmal stundenlang, ich genieße das schöne Herbstwetter (nach dem trüben Sommer) und hoffe, irgendwann auf meinen Spaziergängen, die mich in immer andere Bezirke führen, ihm zu begegnen. Na, dann!

29.9.

Merkwürdig, manchmal sehe ich von weitem einen Mann, von dem ich im ersten Moment meine, er könnte es vielleicht sein; Statur, Frisur, mögliche Kleidung – sobald ich seinen Gang beobachte, weiß ich: Er ist es nicht. Ich habe ihn doch gar nicht so viel laufen sehen, meist nur zwischen vielen Menschen, und doch bin ich sicher, zu wissen, wie er sich bewegt: Trotz einer gewissen Lässigkeit aufrecht, er hat nichts Gehemmtes, Gedrücktes (wie viele ehemalige DDR-Männer), aber auch nichts Angeberisches (wie viele West-Männer); er wirkt locker selbstbewusst. An dem Abend trug er keine Brille, wie bis jetzt auch ich nicht, doch das wird sich ändern, einen Termin beim Augenarzt habe ich bereits. Das Alter verschont auch mich nicht.

4.10.

Ich habe ihn wiedergesehen.

Noch hatte ich geschwankt, ob ich mir die Diskussion über ›Umwelteinflüsse und Medizin‹ antun sollte; den Ausschlag gab, dass ich auf meinem Spaziergang zur Zeit des Beginns in der Nähe des Gebäudes, in dem es stattfand, landete (Achtung: Unterbewusstsein!).

Der Saal war bereits gut besetzt, ich fand noch einen Platz in den hinteren Reihen. Das Alter war gemischt, Geschlechter ebenfalls, ein Überwiegen konnte ich nicht feststellen, aufge-

weckter, intelligenter als der Durchschnitt schien mir das Publikum allerdings zu sein.

Die Namen der Diskutanten hatte ich bereits in der Zeitung gelesen, von der das Ganze veranstaltet wurde, es gab auch Plakate, und am Saaleingang lagen Informationsblätter. Den Mediziner kenne ich, der Abgesandte von der Umweltorganisation ist mir namentlich ebenfalls bekannt, und den Namen des Diskussionsleiters hatte ich schon öfter in der Zeitung gelesen. Wieder mal nur eine Frau dabei, das ärgert mich immer, als ob Frauen weniger mitzuteilen hätten als Männer, aber eine darf es wenigstens sein. Alibi.

Wer steigt als erster die Podesttreppe hinauf? Er, auf dessen Anblick ich so lange gehofft habe! Für einen Moment kam es mir vor, als hätte man mich in einen Traum versetzt. So oft hatte ich mir in unzähligen Varianten diesen Augenblick vorgestellt, dass seine Erfüllung etwas Unwirkliches bekam. Als ob mich all meine Spaziergänge in den vergangenen zwei Wochen (mittlerweile auch einige im Regen) geradewegs hierher führen sollten!

Er setzte sich in die Mitte des langen Tisches, weil er das Gespräch moderierte.

Während der ganzen Veranstaltung befand ich mich in einem Durcheinander von zugespitzter Wachheit und Trance. Was gesprochen wurde, ging zur Hälfte an mir vorbei, weil mein Hirn mit anderem beschäftigt war. Zwischendurch ärgerte ich mich über den Mann, der vor mir saß, und mit seinem unruhigen Hin und Her mir immer wieder die Sicht nahm.

Journalist also. Nun weiß ich auch, wie er heißt: Clemens Weinhofer. Seine Moderation fand ich gut, aber ich bin befangen, mein Urteil betrachte ich mit Vorsicht.

Beinahe hätte ihn mein Anblick noch aus der Fassung gebracht: Gegen Ende der Veranstaltung – der Kerl vor mir hat-

te seinen Kopf gerade mal wieder nach rechts gebeugt – setzte er zu einem Fazit fürs Publikum an, sein Blick richtete sich dementsprechend nach vorn – als er mich sah, erkannte und seine Rede unterbrach, sodass die anderen Diskussionsteilnehmer ihn schon verwundert ansahen. Er fing sich gekonnt, aber es schien mir, als wäre er für den Rest nicht mehr ganz bei der Sache, obgleich er vermied, mich vor der Verabschiedung noch einmal anzusehen. Die Formel ›Auf Wiedersehen‹ am Schluss betonte er ungewöhnlich, und dabei war sein Blick eindeutig auf mich gerichtet.

Natürlich musste er sich danach seinen Gästen widmen, aber ich habe jetzt den Vorteil, dass ich seinen Namen kenne und weiß, wo er arbeitet. Vielleicht schreibe ich ihm? Ich lasse mir Zeit, hat sich doch meine Zuversicht fürs Erste bestätigt, und ich kann mich ohne Eile auf das Kommende freuen.

30.

Kaum in Karlas Wohnung, habe ich in ihrem Telefonverzeichnis nachgesehen: Weinhofer gehört zu denen, die sie nicht ausgestrichen hat! Also kann ich annehmen, es war ihr Wunsch, dass er von ihrem Tod erfährt. Aber erst, wenn ich ihre Aufzeichnungen zu Ende gelesen habe; in diesem Fall möchte ich doch gern vorher wissen, was sich da abgespielt hat. Oder eine Todesanzeige in Weinhofers Zeitung? Wie soll ich das Hilde gegenüber begründen? Inzwischen weiß ich eine Menge über ihre Schwester, was ich nicht erwähnen darf, ohne mich zu verraten. Allmählich zweifle ich, ob es richtig war, Hilde nichts von Karlas Tagebüchern zu sagen; es jetzt zu gestehen, nachdem ich so viel davon gelesen habe, scheint mir erst recht unmöglich. Es ist ein ständiges Lavieren, wenn wir über Karla sprechen – und wir sprechen oft über sie, wie sollte es anders sein, da wir über ihre Sachen verfügen müssen –, aber ich bin dieses vorsichtige Abwägen nicht gewöhnt und fürchte, mich irgendwann doch zu verplappern. Keine Geheimnisse, keine Lügen – einmal das Prinzip verletzt, schon beginnt eine Kette von Schwindeleien und Ausweichmanövern, die ich doch vermeiden möchte.

Gemeinsam räumen wir Karlas Bad auf und aus. Hilde meint, im Bad könne man sofort erkennen, ob jemand allein lebt oder nicht. Und der zweite Bürstenaufsatz im Ständer der elektrischen Zahnbürste? Hilde zuckt mit den Schultern.

Seife, Handcreme und Putzmittel müssen bis zur Wohnungsübergabe bleiben, alles andere besehen wir uns einzeln, überlegen, was wir gebrauchen können, was in den Abfallbehälter werfen, den wir neben uns gestellt haben.

Einen Lippenstift nimmt Hilde, den sie aber, wie sie sagt, nur selten benutzen wird, nur wenn sie mal ausgeht, was selten vorkommt, weil ihr Kurt so bequem ist und sie ihn »ordentlich bearbeiten« muss, wenn sie mal ins Theater gehen will, was in ihrer Stadt nur noch bei Gastspielen möglich ist, da das eigene Schauspielensemble nach der Wende aufgelöst wurde. Früher sind wir öfter ins Theater gegangen, sagt sie. Ins Kino gehe sie schon auch mal mit der Tochter. Deren Ehe sei leider nicht die beste, der Mann trinke zu viel, nicht nur zu Hause, und im Restaurant sei doch alles so teuer, immerhin hätten sie zwei Kinder. Ständig gibt's Streit deswegen, sagt Hilde.

Da kann ich froh sein, wenn ich an meine Kinder denke. Natürlich leben die auch nicht nur wie die braven Engel miteinander, aber bis jetzt habe ich den Eindruck, sowohl Ingo mit seiner Frau als auch Annett und der Schwiegersohn halten nach wie vor treulich zusammen. Dazu sage ich jetzt aber nichts, das könnte Hilde eher betrüben.

Ich nehme zwei von Karlas Lippenstiften, einen völlig neuen und einen, von dem ich nicht weiß, ob die Farbe für mich zu gewagt ist. Probeweise bemale ich meinen Mund vorm Spiegel und drehe mich wieder zu Hilde um. Sieht gut aus! sagt sie, und das klingt so echt, dass ich überzeugt bin. Mal sehen, was Arno dazu sagt. Noch ein abgenutzter Stift und ein dunkel-violetter: Hilde und ich sehen uns an – ab in den Müll.

Im Spiegelschränkchen (das kann vielleicht meine Tochter gebrauchen, meint Hilde, sie weiß nur noch nicht, wie sie es transportieren soll) finden wir einen elektrischen Rasierapparat. Vielleicht für die Beine, oder unterm Arm?

Gibt es da nicht Enthaarungscreme? frage ich.

Wir wissen es beide nicht, weil wir beide weder das eine noch das andere benutzen. Ich denke ohnehin eher an Weinhofer. Ich halte Hilde ein halbleeres Fläschchen Rasierwasser hin. Braucht man das auch für die Beine? Rasiercreme ebenso. Alles Edelmarken.

Hilde seufzt. Einen Freund wird sie schon gehabt haben, meint sie.

Mich wundert nur, dass Karla diese Sachen nicht beseitigt hat. Wollte sie etwas von ihm behalten? Gerüche? Aber vor ihrem Tod, als sie doch so konsequent aussortierte? Hat sie es nur vergessen?

Bis jetzt weiß ich ja nicht einmal, ob es mit diesem Weinhofer überhaupt geklappt hat.

31.

8. 10.

Die Sehnsucht hat begonnen. Zwar möchte ich nach wie vor nichts überstürzen, aber es endlos hinauszuschieben, ist vielleicht auch nicht das Klügste. Wer weiß, wann wir uns ohne Nachhilfe wieder begegnen, das nächste Konzert ist auch erst im November.

Das vorige und die Diskussionsveranstaltung werde ich ihm zur Erkennung nennen, Name, Adresse, Telefonnummer – und dass ich mich freue, wenn er mir antwortet. Seine Privatadresse steht im Telefonbuch – wenn ich den Brief an die Redaktion schicke, hält die Sekretärin ihn wahrscheinlich für Leserpost und öffnet ihn.

Der Entschluss tut mir gut. Sonst bastele ich mir noch in der Phantasie einen Menschen zusammen, der so weit von der Realität entfernt ist, dass ich enttäuscht bin, wenn ich ihn wirklich treffe. Ohnehin sind meine Gedanken seit Wochen mit künftigen Erlebnissen beschäftigt, die erfahrungsgemäß so nicht stattfinden werden.

Ach, wie lange ist es her, dass ich einen Menschen in Liebe umarmt habe –

9. 10.

Ich habe den Brief gestern noch zum Spätbriefkasten gebracht. Funktioniert die Post, müsste er ihn heute vorfinden, wenn er nach dem Dienst nach Hause kommt. Erst das lange Zögern, und nun fehlt es mir an Geduld, womöglich ein paar Tage auf Antwort zu warten. Ich stelle fest: Die Gefühle sind nicht anders als in jungen Jahren. Aufruhr. Aber ich bin nicht mehr jung, und dass es mich noch einmal so getroffen hat, ist auch ohne Erfüllung schon etwas Wunderbares.

Abends.

Mein Telefon belauere ich, als könnte es jeden Moment explodieren. Seit dem Nachmittag wage ich nicht mehr, aus der Wohnung zu gehen, überlege, wie lange meine Vorräte reichen, bevor ich wieder einkaufen muss. Lange. Viel länger als ich warten möchte! Vorhin habe ich während der Toilettenspülung die Ohren gespitzt, damit ich nur ja kein Telefonklingeln überhöre! Aufgeregt wie als Backfisch. Nicht einmal lächerlich kann ich das finden, dafür ist es mir viel zu ernst. Überhaupt muss ich oft an die Zeit mit Peter denken, an die Zeit danach, die Zeit des Studiums. Da schien so viel Aufbruch, alles in unserem kleinen Land sollte neu geordnet werden, besser als je zuvor. Und der Glaube daran war nicht nur einer von Leuten, die schon lange Antifaschisten waren, auch den Jüngeren, wie mir, gab es Nahrung für das Bedürfnis, es richtiger, besser zu machen als die Generationen zuvor. Ich kann darin keinen Grund für Reue entdecken. Wer sich nur an Tatsachen hält, ohne Phantasie, bleibt natürlich von Illusionen verschont, aber ich glaube nicht, dass die Welt besser wäre ohne Wünsche, die sich als unrealisierbar erweisen. Außerdem: Wieviel von den Tatsachen kennen wir, was wird uns vorenthalten, was blenden wir aus, müssen wir vielleicht auch ausblenden, um das Notwendige zu bestehen.

Jetzt ist es 23 Uhr. Er hat nicht angerufen. Vielleicht schreibt er ja auch lieber.

10. 10. 20 Uhr 50

Nach dem Anruf habe ich erst mal eine ganze Weile still auf meiner Couch gesessen. Still? Aufgewühlt.

Gestern war er gar nicht im Lande. Dienstreise. Erst am Sonnabend können wir uns sehen. Jetzt hat alles Zeit. Ich bin nicht mehr ungeduldig, ich weiß, das Warten ist begrenzt.

Als das Telefon klingelte, wollte ich mich vor einer Enttäuschung bewahren, indem ich mir auf dem Weg von der Küche einzureden versuchte, dass es vielleicht Kathrin ist oder Meinhardt. Den Atem im Zaum halten, dachte ich, damit mir die Aufregung nicht anzumerken ist, aber als ich meinen Namen aussprach, klang er verquetscht, weil ich den ganzen Tag noch nicht gesprochen hatte.

Weinhofer.

Während ich darauf wartete, dass er weiterredet, habe ich das Mikro bedeckt, tief geatmet und versucht, meine Stimme freizuräuspern. Meine Hände brachten den Hörer zum Zittern.

Ich möchte mich für Ihren Brief bedanken. Ich habe mich sehr darüber gefreut.

Ich glaube, so hat er es gesagt. Ich wusste nicht, was ich darauf erwidern sollte, irgendwie musste ich doch ein Zeichen geben, dass ich noch da bin, zuhöre, er nicht ins Leere spricht.

Da entschuldigte er sich bereits wegen der Dienstreise, und ich konnte wenigstens zwischendurch ein Ja unterbringen.

Mit Ihrem demonstrativen Weggehen nach dem Konzert hatten Sie mich entmutigt. ›Demonstrativ‹ sagte er und ›entmutigt‹.

Jetzt musste ich ihm aber sagen, dass ich das beides nicht wollte. Es ging nur alles so schnell, da ist mir nichts Besseres eingefallen.

Das sei ja nun auch egal, meinte er, Hauptsache, er dürfe mich jetzt zu einem Abendessen einladen. Er nannte zwei Restaurants, ich habe die Auswahl ihm überlassen. Vermutlich werde ich vor Aufregung sowieso kaum etwas essen können. Das habe ich natürlich nicht gesagt.

Er schlug vor, mich von zu Hause abzuholen, aber das will ich nicht. Vielleicht fahre ich mit der U-Bahn, dann kann er mich hinterher in seinem Wagen bis vors Haus bringen. Mehr nicht am ersten Abend. Das sieht womöglich nach Ziererei aus, früher hätte ich es auch so eingeschätzt und entsprechend albern gefunden. Ich möchte ihn erst ein bisschen kennenlernen. Nicht das Fremde reizt mich, es ist eher der Wunsch nach Vertrautheit.

Wie oft habe ich mich per Telefon mit einem Mann verabredet. Routine. Jetzt ist alles wie zum ersten Mal. Ein Gefühl, als ob die Telefonleitung vibriere, Nähe, Entfernung, man kann den anderen nicht sehen, alles geht übers Ohr, das die anderen Sinne in Bewegung setzt. Seine Stimme kannte ich von der Veranstaltung, aber sie war mir doch neu, als er nur für mich sprach. Verliere ich meine Souveränität? Sie aufrechtzuerhalten war so anstrengend. Und ich wollte es nicht wahrhaben.

13. 10.
Sehnsucht, Sehnsucht. Sehnsucht kann ein wunderbares Gefühl sein, vor allem, wenn man weiß, die Erfüllung steht bevor.

Pflichtgemäß schalte ich die Abendnachrichten ein, höre kaum hin, schalte wieder aus. Das Fernsehprogramm interessiert mich nicht. Für Verliebte im ersten Stadium kann die Welt untergehn, gemeinsam tun sie es freudig mit ihr.

Da ist immer von ›Schmetterlingen im Bauch‹ die Rede, ich weiß ja nicht, wie sanft diese Gefühle bei anderen sind, Schmetterlinge könnten meinen Leib jedenfalls nicht in derartigen Aufruhr versetzen. Ich hatte schon ein wenig Sorge, was meine nachlassenden Kräfte betrifft, aber in dieser Situation wird noch einmal alles mobilisiert, meine Erfahrungen, meine Phantasie, ich muss sie eher zügeln, um nicht die Beherrschung zu verlieren und mich doch noch hinreißen zu lassen, ihn schon morgen mit zu mir zu nehmen –

In der Nacht vom Sonnabend zum Sonntag.
Wie soll man nach so einem Abend schlafen. Als ob das Leben noch einmal begonnen hätte. Dabei war der äußere Ablauf banal, ich kam nur wenige Minuten später als er (es war nie meine Art, jemanden absichtlich warten zu lassen), wir haben uns, neugierig aufeinander, unterhalten, gegessen, getrunken, es hat geschmeckt, er hat mich nach Hause gefahren (vermutlich mit etwas mehr Alkohol im Blut als erlaubt), wir haben uns vor einem Händedruck neu verabredet. Punkt. Punkt? Doppelpunkt: Ich sah sofort, er hatte das Lokal gut gewählt, wir saßen in einer ruhigen gemütlichen Ecke, die Nachbartische in gehöriger Entfernung, die Bedienung angenehm zu-

rückhaltend, aber jederzeit erreichbar. Bald sah ich nichts mehr davon, mein Wahrnehmungsvermögen beschränkte sich auf unseren Tisch, auf den Menschen, dessentwegen ich hierher gekommen war. Und ich bin nicht im Mindesten enttäuscht. Bin ich mit der berühmten Blindheit der Verliebten geschlagen? Das Bedürfnis nach Übereinstimmung ist groß, freudig registriert man: Ich auch! Wie bei mir! Und wenn etwas anders ist als bei einem selbst, ruft das keine Abwehr hervor, kein Befremden, sondern wird als mögliche interessante Bereicherung empfunden. Das Denken funktioniert zwar durchaus, aber die Empfindungen hüllen alles ein. Wenn er erzählte, habe ich ihm auf den Mund gesehen und hätte ihn immerzu küssen mögen.

Er stammt aus dem Rheinland, hat lange in Köln gelebt und ist, wie so viele Westdeutsche, vor knapp zehn Jahren hierher gekommen.

Ich wollte wissen, wie ihm Berlin gefällt.

Sehr lebendig, sagte er, und so abwechslungsreich, dass einem nie langweilig werden kann. Ein bisschen derb manchmal die Leute, geradezu, oft auch rücksichtslos, aber das nimmt auch woanders zu. Und was einem kulturell geboten wird, ist in seiner Vielfalt unübertroffen.

Wenn er seinen Kopf während des Essens ein wenig über den Teller beugte, hätte ich ihm am liebsten darüber gestreichelt oder wäre ihm mit den Fingern durchs Haar gefahren. Im Gegensatz zu den meisten Männern seines Alters hat er noch erstaunlich viel davon – ich kann mir nicht vorstellen, dass es früher mehr gewesen ist. Ziemlich gleichmäßig grau, als er jünger war vermutlich sehr dunkel. Bei der etwas schummerigen Beleuchtung war es gar nicht so einfach für mich, seine Augenfarbe festzustellen (aber ich wollte es doch wissen!):

Graublau, denke ich. Und, wie bei vielen Männern, was die Frauen gern selbst hätten: lange dunkle Wimpern! Ich frage mich, warum die nicht auch grau werden. Er wird sie doch nicht färben. Nicht weniger gefallen mir seine Hände: groß, aber nicht breit, deutlich gegliedert, weiche Fingerpolster. Sensibel. Sensibel scheint mir der ganze Kerl zu sein, die für mich wichtige Portion Weichheit ist jedenfalls vorhanden. Aber er gehört auch nicht zu den Typen, die anlehnungsbedürftig immer nach Mama suchen. Ach, was gefällt mir denn nicht an ihm? Das wird sich schon noch früh genug herausstellen. (Tiefer Seufzer.) Um so mehr will ich jetzt erst mal alles Schöne genießen.

Sonntag.

Er hat eine Tochter. Als er jung war, habe er den Fehler gemacht, zu heiraten. Längst geschieden. Ich habe ihn gefragt, ob er auch bereue, eine Tochter zu haben. Er sah mich an, überrascht, als stünde das in keinem Zusammenhang mit der Beurteilung seiner Ehe. Langsam, allmählich lächelnd, bewegte er seinen Kopf hin und her, das Nein wäre gar nicht mehr nötig gewesen. Sein Lächeln ist so ansteckend, und ich hätte beinahe gesagt: Sehen Sie! Ich denke, er hat auch so verstanden, was ich meine.

Er hat die Tochter, die ich gern hätte. Wann werde ich sie kennenlernen? Lieben, was der andere liebt.

Erst heute frage ich mich, wie hat er mich erlebt, was denkt er über mich? Er hat mehr von sich preisgegeben als ich von mir. Mein Berufsleben ist auch nicht sonderlich erzählbar wie etwa das seinige, und unser vergangenes Liebes-, besser: Sexualleben haben wir dezent ausgelassen. Mit meiner Schätzung seines Alters lag ich übrigens recht gut: Er sagte einmal, er werde im nächsten Jahr seinen Sechzigsten feiern. Vier Jahre jünger – kein Grund zur Besorgnis.

Ob er bemerkt hat, wie mühsam es anfangs für mich war, zu essen? Ich hatte mir schon etwas Leichtes herausgesucht, aber wenn ich aufgeregt bin, ist jeder Bissen Arbeit. Er aß, wie mir schien, ganz munter, und langsam stellte sich auch bei mir der Appetit ein.

Als die Teller abgeräumt waren, saßen wir eine ganze Weile, ohne miteinander zu reden. Ich sah vor mich hin, war aber vollkommen bei ihm. Und er wohl auch bei mir. Als wir uns wieder ansahen, war das wie eine stumme Besiegelung.

Der Rest der Seite ist leer, die nächste auch, ich blättere um; ein viel späteres Datum:

6. 3. 2001

Gestern hat mir Clemens einen Vortrag über Unabhängigkeit gehalten. Ein paar Jahre zurück, und der hätte von mir stammen können –

Arno wird wach, blinzelt ins Licht, sieht mich lesen, dreht sich kopfschüttelnd um und schläft weiter. Es ist gleich halb Zwei, ich muss aufhören, sonst halte ich morgen nicht durch.

32.

Immer hohler klingt es in den Räumen, sie haben bald nichts mehr mit Karla zu tun, es tut mir weh. Nackt sehen die Wände jetzt aus. Wir mussten nun auch die Bilder abnehmen, Grafiken, deren Erwerb ich über die Jahre verfolgen konnte, weil Karla jedes Mal erzählte, wann und wo sie ein neues Blatt erstanden hatte. Meist ließ sie es gleich rahmen, und die Anordnung an den Wänden wurde geändert.

Wir verputzen die Löcher, sorgfältig, damit ein einfaches Überstreichen genügt. Hilde ist geschickt, sie meint, das mache die Übung, sie hätten ihre Wohnung stets selbst renoviert, zu DDR-Zeiten weil die Handwerker rar waren, danach weil es so teuer wurde.

Jetzt steht sie da, in der einen Hand den Spachtel, in der anderen die leere bewegliche Schale; sie muss Gips neu anrühren. Ich mache weiter, damit der meinige nicht austrocknet.

Mir ist eine Idee gekommen, sagt sie, warum der Regisseur die Recha mit so einer großen Schauspielerin besetzt haben könnte.

Wir haben uns gestern den »Nathan« angesehen, Hilde hatte sich die Aufführung aus den Spielplänen herausgesucht, weil sie das Stück kennt, auch hatten weder Arno noch ich die Inszenierung bereits gesehen.

Vielleicht soll sie mit ihrer naiven, überhaupt nicht berechnenden Art alle überragen.

Ich denke nach, zweifle, darf darüber die Arbeit nicht vergessen. Wir waren uns einig, dass die Betonung des

Leichten, Märchenhaften dem Stück gut bekommt, weil der Schluss mit seinen vielen Zufällen bei der Zusammenführung der Handlungsfäden sonst unglaubwürdig, wenn nicht lächerlich wirken kann. Aber alle drei haben wir uns die Frage gestellt, ob wir zu sehr konventionellen Gewohnheiten unterliegen, wenn wir als ungemein störend empfanden, dass die Darstellerin der Recha ihre Partner, vor allem ihren Vater und den Mann, in den sie sich verliebt, den Tempelherrn, physisch überragt. Wir kamen zu keinem Ergebnis, doch dieses, wie wir fanden, körperliche Missverhältnis, widerstrebte uns bis zum Schluss, zumal es durch das kindkurze Kleid des Mädchens nicht gemildert, sondern verstärkt wurde. Was wollte uns die Regie damit sagen? Wir grübelten vergeblich.

Und nun Hildes Vorschlag. Ich staune, dass sie es nicht bei ihrer Ablehnung belassen, sondern weiter über Gründe nachgedacht hat. Zustimmen kann ich ihr nicht; doch wenn sie mit ihrer Vermutung recht haben sollte, hielte ich es für eine Trugschluss des Regisseurs. Meinte er, das Publikum solle sich ruhig mal über das Übliche hinwegsetzen, Frauen, zumindest als Liebhaberin, sollten kleiner sein als die dazugehörigen Männer? Oder wollte er von vornherein klarstellen, Recha und der Tempelherr können kein Liebespaar sein? Auf jeden Fall zieht es die Aufmerksamkeit von Wichtigerem ab, und das finde ich nicht gut.

Trotzdem bleibt für mich die Frage, warum solche Muster wie die der Körpergröße von Männern und Frauen eine so starke Rolle spielen in unserer Wahrnehmung und damit natürlich auch unser Denken beeinflussen. Schönheitsideale sind zeitabhängig, und nicht immer kann man sich da auf die Biologie berufen; schmale Hüften und ein karger Busen, die in den Zwanzigerjahren des vergangenen Jahrhunderts Mode waren und oft auch das Model-Ideal von heute bestimmen, können sich wahrlich nicht auf die weibliche Fähigkeit, Kinder zu gebären, berufen. Allenfalls könnte es ein Signal dafür sein, dass diese Zivilisation sich verausgabt hat und gar nicht mehr fortsetzen möchte. Doch solche Bilder prägen uns vermutlich von klein auf und damit auch unser ästhetisches Empfinden.

Breite Schultern etwa sollten – rein biologisch – eigentlich den Männern vorbehalten sein. Könnte die Schulterpolster-Mode für Frauen im Zweiten Weltkrieg ein Ausdruck für die zwangsweise Übernahme der sonst den Männern zugedachten Arbeit sein, während diese ›an der Front kämpfen‹ mussten? Wurde diese Mode – breite Schultern, schmale Hüften – von den Entwerfern bewusst kreiert, oder ergibt sich so etwas, weil es quasi ›in der Luft liegt‹? Zu diesem Thema hätte Karla vermutlich eine Menge sagen können.

Ach, nicht nur dazu. Von wegen überflüssig. Du fehlst mir, meine Liebe. Liebe Karla. Das Ausräumen deiner Wohnung finde ich barbarisch. So, nun weißt du's.

33.

6. 3. 2001

Gestern hat mir Clemens einen Vortrag über Unabhängigkeit gehalten. Ein paar Jahre zurück, und der hätte von mir stammen können.

Wir hatten uns in einem Café getroffen, weil er noch mal in die Redaktion musste. Ich habe ihm weder zugestimmt noch widersprochen, obwohl ich viel dazu sagen könnte. Ich überlege nur, wie er auf dieses Thema gekommen ist. Weshalb hat er es überhaupt angeschnitten? Ich bekomme eine Gänsehaut, wenn ich daran denke, dass ich so etwas manchmal gemacht habe, wenn ich jemanden loswerden wollte.

Sich dauernd nach jemandem richten müssen, mache unfrei. Warum hatten wir uns nicht bei ihm oder mir getroffen? Weil das Café in der Nähe der Redaktion liegt. Muss er sich etwa nicht nach diesen Anforderungen richten? Diese Entsprechung sehe ich heute, früher hätte ich, wie er, gesagt, das ist zweierlei, im Beruf ist es notwendig, das Privatleben kann ich selbst gestalten. Unabhängig. Frei.

Wenn er meint, wir sehen uns zu oft, kann er das doch sagen. Aber große Theoriegebäude sind eindrucksvoller (auch zur Selbstbeschwichtigung) als eine einfache Änderung des Gewohnten. Hat er Angst, sich zu fest an mich zu binden? Ach, Clemens. Wenn ich das nur nicht so gut von mir selbst kennen würde. Angst, sich einem anderen Menschen auszuliefern. Wahrscheinlich spürt er, dass er mehr an mir hängt als ihm un-

ter dieser Prämisse lieb ist. Habe ich jemals verlangt, dass wir uns soundso oft sehen? Habe ich irgendwelchen Druck auf ihn ausgeübt? Ich werde mich hüten. Bei allem habe ich ihn gefragt, die Entscheidung ihm überlassen, und ich hatte bisher nicht den Eindruck, es wäre ihm unangenehm gewesen. Vielleicht war es ihm zu angenehm, wie er nun feststellt.

Er saß ein wenig steif da, als er mit dem Thema anfing, scheinbar beiläufig, in Wirklichkeit hatte er sich das vorher genau überlegt, bis in die Formulierungen. Freiheitsverlust bedeutet Unterwerfung, und Unterwerfung ist würdelos. Dass wir uns solche Gedanken, solche Ansprüche überhaupt leisten können, wie gut geht es uns doch. Wie innerlich wirklich frei muss ein Mensch sein, der unter anderen politischen Umständen gefangen genommen, gedemütigt, ja gefoltert wird und nicht seine Selbstachtung verliert.

Normalerweise reden Clemens und ich ganz locker über die unterschiedlichsten Dinge, und ich hätte in aller Ruhe meine Ansichten dazu dargetan, auch von meinen Erfahrungen geredet, aber ich spürte doch, dass da etwas anderes gesagt werden sollte, und das hat mir den Mund verschlossen. Ich muss darauf zurückkommen, ihn fragen.

Ich kriege jetzt schon Herzklopfen, wenn ich nur daran denke.

7.3.

Was wäre eigentlich, wenn wir uns begegnet wären, als ich noch gearbeitet habe? Als ich mich noch in einem Stadium befand, in dem ich alle liebenden Gefühle im Ansatz erstickte. Gefährlich wäre es wohl auch da für mich geworden, und ich hätte vielleicht als erste abgeblockt. Genau genommen habe ich mir fast immer

Männer ausgesucht, denen ich mich in irgendeiner Weise überlegen fühlen konnte. Clemens und ich sind ebenbürtig, was ich jetzt wunderbar finde, aber ihm vielleicht Angst macht. Vielleicht, vielleicht, so viele ›Vielleichts‹. Dass wir uns auch außerhalb des Betts sehr gut verstehen, könnte unserer Beziehung Dauer verleihen.

Wovor hatte ich früher eigentlich Angst? Vor der Enttäuschung. Sich auf einen Menschen verlassen, der einen verlassen könnte. Und der Verstand findet so viele andere Gründe, da wird man erfindungsreich. Nur nicht an die Gefühle rühren.

11.3.

Ich habe ihn nicht gefragt. Was ist nur los mit mir. Stets bin ich konsequent gewesen, habe getan, was ich mir vorgenommen hatte – dieses Mal habe ich gezögert und gezögert, bis ich keine Gelegenheit mehr fand, weil es nicht gepasst hätte (wie ich meinte). Wovor fürchte ich mich? Etwas merkwürdig Fremdes war zwischen uns. Ich habe mir eingebildet, es ginge von ihm aus, aber vielleicht war ich die Urheberin, eine Art Misstrauen, das ich wieder ablegen muss, weil es sonst zerstörerisch wirken kann. Die sich selbst erfüllende Prophezeiung. Ist das Wissen um psychologische Zusammenhänge wirklich hilfreich für einen selbst oder hemmt es nur? Wir sind programmiert wie ein Computer, Schicksal nannte man das früher. Und je mehr wir in der Lage sind, darüber zu reflektieren, desto raffiniertere Ausflüchte fallen uns ein, was alles nur erschwert. Außerdem: Was nützt es, wenn einer von uns beiden das Ganze durchschaut, aber der andere sich dem verschließt? Kennt Clemens seine Motive? Kenne ich meine wirklich? Und ich weiß doch gar nicht, ob es stimmt, was ich ihm unterstelle. Es ist zum Verzweifeln.

14. 3.

Clemens. Soll ich bereuen, dass ich, entgegen allen früheren Vorsätzen, noch einmal so bedingungslos liebe? Lieben kann. Das sagt es ja schon. Auch wenn es nun Kummer bringt, Schmerz – der Gedanke, es wäre besser nicht geschehen, ist mir fern. ›Leid kommt auch ohne Lieb, allein – die Lieb kann ohne Leid nit sein.‹ Mittelalter. Wir ändern uns nicht oder doch kaum. Ich hab mir ja keinen Unwürdigen ausgesucht, Clemens ist nicht nur intelligent, sondern hat auch, ich kann es nicht anders nennen, einen guten Charakter. Wahrscheinlich einen besseren als ich. Bestimmt habe ich viele Menschen, vor allem Männer, mit meiner Unbedingtheit verletzt; mich in deren Lage zu versetzen habe ich in der entsprechenden Situation tunlichst vermieden. Und Clemens? Unsere früheren Beziehungen haben wir bislang aus unseren Gesprächen herausgehalten. Was wiederholte sich da, was war anders? Nur über unsere frühen Erlebnisse haben wir geredet. Clemens hat mir viel von der Mutter seiner Tochter erzählt, und er ist der erste Mensch, zu dem ich von meinem Vater, von Rolf und von Peter gesprochen habe. Das hat mir gutgetan. Clemens ist ein aufmerksamer Zuhörer, und er ist vorsichtig mit Urteilen. Was soll ich da bereuen? Dass ich mich noch einmal völlig als Mensch geöffnet habe, ganz anders als in meiner Fixierung auf den Beruf? Ein Erwachsenenleben lang geübt, mich zu spalten, und dann erwarten, dass alles andere, Vernachlässigte, Erfüllung findet, wie im Märchen?

Bis jetzt weiß ich doch gar nicht, ob Clemens sich wirklich von mir trennen will.

34.

Ich erinnere mich an eine Affäre im Verlag: Eine junge Lektorin, die neu zu uns gekommen war, verliebte sich in einen Kollegen, der schon lange mit uns arbeitete. Beide waren ungebunden, und wir beobachteten schmunzelnd, mit Sympathie, wie sie tastend umeinander herum gingen, das heißt, auch er war besonders aufmerksam ihr gegenüber, und sie machte sich Hoffnung (mit den Frauen sprach sie darüber), ihn für sich zu gewinnen. Er war schon etwas älter, und wir hätten uns gefreut, wenn er ›unter die Haube‹ gekommen wäre. Wie man sich das so blöderweise vorstellt. Ordnung in der Kiste. Doch eine Erklärung von seiner Seite blieb aus, weshalb die junge Kollegin – nach Beratung mit uns – ihm ein Briefchen schrieb, in dem sie sich zu ihren Gefühlen bekannte und ihn bat, ihr doch zu sagen (oder zu schreiben), ob diese Gefühle von ihm erwidert werden.

Was daraufhin geschah, war und blieb uns allen unbegreiflich: Da er sich tagelang nicht äußerte, bat sie ihn um ein Gespräch, dem er nicht ausweichen konnte. Dabei muss er die Ärmste derart beleidigend von sich gewiesen haben, dass sie völlig verstört wirkte. Aus einer Lektoratssitzung, in der er sie rücksichtslos – und, wie wir anderen fanden, unberechtigt – kritisierte, lief sie laut weinend hinaus und konnte sich nicht mehr beruhigen. Ich habe sie in diesem Zustand zu einer Psychologin, die ich kannte, gefahren, die dafür sorgte, dass sie für eine Weile nicht im Verlag arbeiten musste. Als sie wiederkam, entwickelte sich eine angespannte Atmosphäre durch die beiden, was allerdings von ihm ausging, der die junge Frau nun regelrecht zu hassen schien. Das vorher gute Einvernehmen unter den Kollegen war dahin. Um es wieder herzustellen, vermittelte unser Cheflektor die junge Kollegin mit ihrem Einverständnis an einen anderen Verlag, in dem sie sich gut entwickelte. Doch obwohl bei uns wieder Ruhe eingetreten war, blieb das Verhältnis zu dem betreffenden Kollegen gestört. Wir konnten uns nicht erklären, warum er sich derart rüde benommen hatte. Es hätte auch keinen Sinn gehabt, ihn deswegen zur Rede zu stellen, weil es private Empfindlichkeiten betraf, die zu berühren ihn womöglich noch gegen uns aufgebracht hätte. Bis heute kann ich mir nicht erklären, was einen derartigen Gefühlsumschlag bei ihm zuwege brachte. Sie wird doch nicht versucht haben, ihn zu vergewaltigen. Aber wahrscheinlich hat er es so empfunden. Blümchenrührmichnichtan. Inzwischen weiß ich ein bisschen mehr über solche Menschen – ihre Reaktionen nachzuempfinden, fällt mir immer noch schwer. Immer noch meine ich, man könnte dem anderen – in dem Fall der jungen Frau, die ihm bis dahin doch offensichtlich gefallen hatte – wenigstens äußerlich ruhig und ohne verletzende Worte erklären, dass man eine innigere Beziehung nicht eingehen möchte, sich gegebenenfalls auch einer Frage nach dem Warum verweigern – aber sie hatte wahrscheinlich etwas in ihm getroffen, was ihn alle Beherrschung verlieren ließ.

Ein wenig fühlten wir Frauen uns auch mitschuldig, weil wir das Vorgehen der jungen Kollegin so ermutigt hatten; ob eine Zurückhaltung oder gar Warnung unsererseits das Drama hätte verhindern können, weiß ich nicht. Die Kollegin, die später einen anderen Mann geheiratet hat, musste 1990 übrigens auch ihren Verlagsplatz verlassen, hat aber noch einmal eine andere Arbeit in der Literaturvermittlung gefunden. Sie ist ja auch etliche Jahre jünger als ich; es wäre traurig, wenn sie mit ihrer mittlerweile reichen Erfahrung die Abruf-Armee der Arbeitslosen vermehren müsste.

35.

15. 3.
Ich bilde es mir nicht nur ein: Clemens' Verhalten mir gegenüber hat sich verändert. Als wir gestern wieder im Konzert saßen, hat er, wenn ich zu ihm hinübersah, mich nur einmal angesehen und sich rasch wieder weggewandt. Das war in den Konzerten davor anders, da bestand immer eine für andere unsichtbare Verbindung zwischen den Rängen. Der Mahler war dann so aufregend gespielt, dass ich es vergaß, und als wir hinterher über die Aufführung sprachen, waren wir uns einig in unserem Urteil.

Ich fragte ihn, ob er mit zu mir kommt, er zögerte und machte die Einschränkung, dass er spätestens um neun Uhr in der Redaktion sein müsse.

Wir haben den Rotwein getrunken, den er neulich mitbrachte, Clemens trank ziemlich rasch (ich finde, er trinkt überhaupt zu viel), unsere Gespräche dagegen waren gehemmt. Weder er noch ich haben das Thema Unabhängigkeit wieder erwähnt, vielleicht nur, weil wir uns beide, wenn auch aus unterschiedlichen Gründen, davor fürchten. Es herrschte eine Stimmung, in der ich nichts zu fragen wagte, was seine Befindlichkeit angeht, zumal ich manches von mir selbst kenne.

Früher habe ich Zärtlichkeiten gemieden, wenn nicht abgewehrt. Der Wunsch danach stellte sich erst bei Clemens wieder ein. Ich hatte das Bedürfnis, selbst zärtlich zu sein, und von ihm hatte ich angenommen, gehofft, er wäre es auch, aber darin habe ich mich getäuscht. Irgendetwas hindert ihn daran, wir haben nie darüber gesprochen. Seine Eltern waren sehr streng, besonders seine Mutter hat er so empfunden. War sie vielleicht – so gar nicht rheinländisch – eher protestantisch leib-feindlich? Aber er schien es immer zu genießen, wenn ich ihn streichelte. Doch heute Nacht kam es mir vor, als zöge er sich zusammen, wollte nur nicht sagen, dass ich es lassen solle. Weil ich es spürte, habe ich es von mir aus getan. Was ist bloß los mit ihm?

Dass eine andere Frau der Grund ist, glaube ich nicht. Es hat auch nie Anzeichen dafür gegeben, dass ihn mein Alter gestört hätte, er hat mir im Gegenteil gesagt, es sei ihm lieb, eine Partnerin zu haben, die »die Stürme des Lebens hinter sich hat« (ich habe noch gelacht über seine Ausdrucksweise), die das Zusammensein nicht dauernd durch »kleinliche Querelen« erschwert und – das hat er ausdrücklich betont – er habe keine Lust, einer Jüngeren gegenüber immer den starken Mann spielen zu müssen, dabei aber deutlich zu spüren, wie die Kräfte nachlassen.

Wir haben so viel gelacht anfangs, das ist jetzt auch vorbei. Kommen wir da wieder heraus, oder ist es das Ende?

18. 3.

Ich fürchte, lange halte ich diesen Zustand nicht mehr aus. Gestern waren wir essen. Clemens wollte nicht in das Restaurant, in dem wir uns zum ersten Mal getroffen haben (ohne es zu begründen, und ich habe auch nicht danach gefragt). Diesmal waren wir beide von nur mäßiger Esslust, eigentlich hätten wir das Ganze auch sein lassen können. Unterhalten haben wir uns über die derzeitige Politik, da kann einem der Appetit allerdings vergehen.

Clemens kommt mir vor, als befände er sich in einer Art Depression. Ob das öfter vorkommt, weiß ich nicht, dazu kennen wir uns nicht lange genug. Ich müsste ihn fragen, wir müssten darüber reden. Wir müssten über so vieles reden, aber wir tun es nicht. Wenn ich mich nicht endlich überwinde, verliere ich meine Selbstachtung.

36.

Patty ist heute gekommen. Wir haben sie seit ihrem Geburtstag nicht mehr gesehen und sind uns einig, sie hat sich schon wieder sehr verändert. Die Enkel wachsen uns über den Kopf, und das kann man wörtlich nehmen. In ihrer Eigenständigkeit, die sie betont (sie ist dreizehn!), wird Patty mir etwas fremd; Arno, als Mann, findet sie »ziemlich hübsch«. Nach einem quasi androgynen Zwischenstadium, in dem sie burschikos nur in bequemen Hosen herumlief, die Haare kurz geschnitten trug und Annäherungsversuche der gleichaltrigen Jungs spöttisch abwehrte, hat sie jetzt ihr Haar, das bereits wieder bis fast zur Schulter reicht, sorgfältig gekämmt.

Jugendliche in diesem Alter entwickeln oft einen Geschmack, der sie von den Älteren absetzt. Patty trägt heute ein glitzerndes T-Shirt mit der Aufschrift ›POWER‹. So fürchtete ich schon, sie könnte Karlas graues Kaschmir-Plaid naserümpfend ablehnen, aber sie scheint sich wirklich darüber zu freuen, nicht nur der Decke wegen, sondern als ein ihr zugedachtes Andenken von Karla.

Blöd, sagt sie unbeholfen, und meint ihren Tod.

Du mochtest sie? frage ich.

Sie nickt, und darin liegt viel Traurigkeit. Als wäre es nötig, ihre Zuneigung zu begründen, erklärt sie: Tante Karla hat einen immer für voll genommen. Nie so von oben herab.

Haben wir das gemacht? Ich könnte sie fragen, lasse es aber, erkundige mich stattdessen nach ihren Plänen für die Weihnachtsferien.

Sofort reagiert sie wieder munter, beinahe kess. Sie werde »einen Trip durch die Kunstmuseen« machen, nach dem Abitur wolle sie Kunstgeschichte studieren. Früher wollte sie Malerin werden, sie zeichnet sehr gut.

Vorsichtig frage ich sie (die Neugier der Alten!): Hast du einen Freund? Ein ›schon‹ einzufügen, versage ich mir im letzten Moment.

Nee! Das begleitende Kopfschütteln ist heftig. Und ohne, dass wir danach gefragt hätten, verkündet sie, sie wolle auch später nicht heiraten.

Auch keine Kinder? frage ich.

Zögern. Mal sehn. Eins vielleicht. Aber dafür braucht man ja nicht zu heiraten.

Arno kann sich nicht verkneifen zu bemerken, sie solle erst mal abwarten, daran könne sich noch viel ändern.

Da kommt er aber nicht gut an, Patty findet heiraten einfach doof. Wozu denn? fragt sie. Um sich später wieder scheiden zu lassen wie die meisten?

Wir nicht, sagt Arno mit einer Kopfbewegung zu mir.

Na ja, meint sie begütigend, ihr seid ja schon alt, früher war das eben so.

Nun wissen wir's. Aber Arno genügt das nicht, er weist darauf hin, dass ihre Eltern auch nicht geschieden sind, und überhaupt die meisten sich nicht scheiden lassen, höchstens ein Drittel.

Aber man muss doch nicht verheiratet sein, beharrt sie, und: Tante Karla war auch nicht verheiratet!

Und nun ist sie tot, sagt Arno trocken.

Ich sehe ihn missbilligend an.

Weil sie nicht verheiratet war? fragt Patty.

Vielleicht, antwortet Arno abschwächend.

Patty weiß, dass Karla sich umgebracht hat. Sie wird wieder nachdenklich.

Alleinsein ist nicht immer schön, sage ich, obwohl mir klar ist, dass sie die Tragweite dieser Bemerkung kaum ermessen kann.

Aber wenn man Kinder hat? fragt sie. Da ist man doch auch nicht allein.

Möchtest du später immer noch mit deinen Eltern zusammenleben?

Sie überlegt, hebt die Schultern. Offenbar haben wir sie ein wenig verwirrt. Sie wird noch oft darüber nachdenken, und ich hoffe, sie denkt ausreichend darüber nach.

Um das Plaid einzupacken, lasse ich sie vorm Abschied aus mehreren Plastiktüten wählen: Sie entscheidet sich für eine, die als Hülle für einen Ausstellungskatalog diente.

37.

20.3.

Ich habe mir vorgenommen, nicht als erste anzurufen. Nun sitze ich da, warte, dass Clemens es tut, und mir ist zum Heulen. Er scheint mich nicht zu vermissen. Es war schon richtig, dass ich solche Taktiken früher abgelehnt habe, sie sind demütigend, ob ich sie jemandem zufüge oder erleide.

Merkt er es überhaupt? Wenn ja – ist er womöglich froh darüber? Aber er sagt es nicht. Er ist feige. Und warum mache ich diesen Enthaltsamkeits-Test? Weil mir der Mut fehlt. Ich müsste ihn zum Reden auffordern. Vielleicht ist ihm selbst nicht klar, was er will, und ich habe Angst, dass er, zum Nachdenken und zu einer Entscheidung gezwungen, diese gegen mich fällt. Statt Freiheit – Sklaverei. Lieber ein Ende mit Schrecken als ein Schrecken ohne Ende.

Nun bin ich wieder bei der Sehnsucht angekommen. Aber mit der ist es wie mit den Säuglingen und den hilflosen Alten: ihre Unselbständigkeit entzückt bei den einen und wird bei den anderen als Last empfunden.

Warum habe ich eigentlich bis jetzt zu niemandem von Clemens gesprochen, ihn mit niemandem bekannt gemacht? Kathrin habe ich lange nicht gesehen, sie wäre die erste. Neujahr haben wir miteinander telefoniert, die obligatorischen Glückwünsche. Kathrin fragte, wie ich Silvester verbracht habe, und ich konnte ihr tief überzeugt sagen: sehr schön. (Clemens saß neben mir, als sie anrief.) Wir waren in der Neunten, was mich ziemlich aufgewühlt hat, Erinnerungen bis in die Kindheit, als ich diese Beethoven-Sinfonie zum ersten Mal gehört habe, in einer vom Krieg noch halb zerstörten Kirche. Ich sagte Kathrin etwas davon, verschwieg ihr aber, dass ich diesmal nicht allein war im Konzert. Ich hätte es ja wenigstens andeuten können, auch dass während unseres Telefonats jemand bei mir war.

Ich hatte durchaus vor, Kathrin und Arno mit Clemens bekannt zu machen, habe es aber immer wieder hinausgeschoben. Wollte ich etwa erst sicher sein, dass wir zusammenbleiben? Ich ertrage Niederlagen schlecht. Aber diesmal geht es um mehr.

Es war ja nicht so, dass ich gar nichts mitgekriegt hätte. Wenn wir uns trafen, was in dieser Zeit wirklich selten vorkam, war kaum zu übersehen, dass Karla vor lauter Wohlbefinden förmlich vibrierte, und das, obwohl sie keinen Job mehr hatte. Ihre gute Laune war auch nicht künstlich aufgedreht; doch nach ihrem Befinden zu fragen – ich kannte ihre Abneigung und ließ es sein. Auch die spätere Veränderung habe ich durchaus wahrgenommen, wenngleich sie äußerlich nur geringfügig war, weil Karla es immer verstand, ihre Gefühlsregungen zu verbergen. Und ich habe mich von ihr einschüchtern lassen.

Der Mensch ist kein Einzelwesen, doch er bleibt es selbst im Getümmel, solange er sich verschließt und innige Berührungen meidet. Obwohl ich sie sehr mag, habe ich Kathrin noch nie in den Arm genommen. Männer habe ich meist nur als Sexualwesen umarmt, mein Inneres hat es nicht berührt – oder habe ich es nur abgewehrt? Bei Clemens ist es das Eigentliche, ganz Wichtige, ihn umarmen, von ihm umarmt werden, völlig gelöst sich der Empfindung hingeben, ich bin nicht allein, alle Widrig-

keiten sind überwindbar, weil es dich gibt und du da bist. Und um das aufzuschreiben, denke ich in einer Weise darüber nach, wie ich es in den Momenten der Umarmung gar nicht tue, weil es mich nur als Gefühl erfüllt. Die kühle Karla. Das hat mich vielleicht so lange ganz gut leben lassen, ich wollte nicht einmal wissen, dass mir etwas fehlt. Wenn man sich viel bewegt, kann man auch die Kälte überstehen. Da meint man gebraucht zu werden, aber es werden nur bestimmte Eigenschaften und Tätigkeiten benötigt, nicht der ganze Mensch, unabhängig von seinen abrechenbaren Leistungen.

Ich kann mir so schwer vorstellen, dass Clemens mich nicht mehr braucht. Und ich kann mir mein Leben nicht mehr ohne ihn denken. Wir müssen doch nicht dauernd zusammenhocken. Zusammenziehen schon gar nicht, dafür sind wir beide nicht geeignet, wir haben beide zu lange allein gelebt, waren nur für uns selbst verantwortlich im täglichen Ablauf. Da bilden sich Gewohnheiten heraus, von denen man in unserem Alter nur noch schwer lassen kann. Das zeigt sich doch schon, wenn einer beim anderen über Nacht bleibt. Alle gewohnten Abläufe geraten durcheinander, und ich kann mich nicht mehr so schnell umstellen wie früher. Das fängt bei so nebensächlichen Dingen an wie: Wer geht zuerst ins Bad? Oder: Morgens mag ich kein Weißbrot. Das wäre mir früher völlig egal (›schnurzpiepegal‹ hieß das in meiner Studentenzeit) gewesen, da ist man eben zu zweit ins Bad gegangen, so überhaupt eins vorhanden war und man sich nicht in der Küche waschen musste, und ob Weiß- oder Schwarzbrot – Hauptsache irgendwas zu essen. Die Wohnung für mich möchte ich nicht mehr einbüßen.

Das gilt natürlich nur, so lange ich physisch in einem Zustand bin, der mir Eigenständigkeit erlaubt – der Gedanke, eines Tages völlig auf die Hilfe anderer angewiesen zu sein, verursacht mir Grausen. Zu sehr habe ich mein Leben darauf gebaut, alles, was mich betrifft, selbst zu entscheiden und mich nach niemandes Meinung richten zu müssen. Viele Jahre ist das gut gegangen.

Ich weiß nicht, inwieweit ich selbst in der Lage wäre, mich über längere Zeit einem Hilflosen zu widmen. Das habe ich nicht gelernt, und ich bin wahrscheinlich auch nicht besonders geeignet dafür. Ich fürchte, ich würde schnell ungeduldig werden, wenn ich auf ein anderes Tempo eingehen müsste, und es langweilt mich, wenn ich mich nicht geistig mit jemandem austauschen kann. Um Säuglinge habe ich mich nie kümmern müssen, und aus aufgeweckten Kindern geistig etwas hervorzulocken, macht mir Spaß – auf intellektuell Verdämmernde einzugehen, wäre wahrscheinlich qualvoll für mich. Ich habe nicht einmal Lust, länger darüber nachzudenken.

38.

Morgen will Hilde wieder nach Hause fahren und nur dann vor der Beerdigung noch einmal herkommen, wenn ich ihre Hilfe ausdrücklich brauche. Das wird sicher nicht der Fall sein, es ist fast alles erledigt, und ich kann die Wohnung den Vermietern übergeben, Abnahme Anfang nächster Woche, es wird hoffentlich nichts beanstandet.

Wir haben beschlossen, heute essen zu gehen, nur wir beide, die wir über Tage und Wochen Karlas Hinterlassenschaft besehen, sortiert, entfernt, verkauft, verteilt, in Ordnung gebracht haben.

Hilde zieht das Kleid an, das sie bereits neulich im Theater getragen hat, eins der wenigen Kleidungsstücke von Karla, die sie nicht zu der Kommissionshändlerin gebracht hat, ein schlichtes dunkelblaues mit langen Ärmeln, das die Figur nachzeichnet, sie kann sich das durchaus leisten, darin waren die beiden Schwestern einander ähnlich. Als Schmuck trägt sie eine alte Silberbrosche, rosenverziert, die sie von ihrer Mutter geerbt hat.

Wir sind eher schweigsam als munter, erwähnen aber nicht den Grund. Unschlüssig lesen wir die Angebote der aufwendig gebundenen Speisekarten, vorwärts, rückwärts; bevor wir erneut von vorn anfangen, einigen wir uns erst mal auf eine Vorspeise. Wasser und einen uns angemessen erscheinenden französischen Rotwein bestellen wir noch.

Komisch, sagt Hilde nach einer Weile.

Ich nicke, weil ich glaube, ich weiß, was sie meint: unsere Stimmung ist so gedämpft, weil wir etwas beenden, das uns zwar verbunden hat, bei dem wir aber als Ergebnis nichts weiter als eine leere Wohnung vorweisen können. Dass Karla uns das angetan hat, denke ich.

Wenn sie noch leben würde, säße ich jetzt nicht hier, sagt Hilde.

Bist du froh, wenn du wieder zu Hause sein kannst?

Hilde sieht mich an, als wolle sie sagen: Das weißt du doch.

Ich frage sie, ob sie inzwischen der Meinung ist, die Lebensform ihrer Schwester sei die richtigere gewesen.

Ihre Reaktion überrascht mich: Sie hebt die Schultern.

Ich frage nach: Ob sie lieber allein leben würde.

Karla war konsequent bis zum Schluss, sagt sie. Ein bisschen habe ich sie darum immer beneidet. Man muss so viele Kompromisse machen, am Ende weiß man gar nicht mehr, wer man selber ist.

Und die Kinder?

Schon wieder Schulterzucken. Sie hatte ja keine.

Ob sie das auch besser findet, frage ich.

Meine Kinder möchte ich nicht missen. Aber die brauchen mich nicht mehr. Jetzt wäre ich lieber allein.

Meinst du, das würde dir auf Dauer gefallen?

Hilde lässt sich Zeit, bevor sie antwortet, zögernd: Du kannst dir wahrscheinlich nicht vorstellen, wie verlassen man sich fühlen kann, wenn man nicht allein sein darf.

Also doch die Single-Gesellschaft? Ich weiß keine Antwort, Hilde tut mir leid.

Erst einmal essen wir, versichern uns gegenseitig, dass es uns schmeckt. Der nächste Gang ist fällig, das Studium der Speisekarten beginnt erneut, diesmal müssen wir zu einer Entscheidung kommen. Wir bemühen uns, bestellen jede ein anderes Gericht.

Ich muss an Karlas Erwähnung des appetitlosen Essens mit Weinhofer denken. Das Verschweigen ihrer Tagebücher steht nach wie vor zwischen Hilde und mir. Ich bin wieder versucht, es zu beenden, bedenke die Konsequenzen, lasse es. Beschwichtige mein schlechtes Gewissen mit der Möglichkeit, es später einmal nachzuholen, obwohl ich ahne, dass die Gelegenheit kaum günstiger sein wird. Einmal Verrat, immer Verrat. Wenigstens erst mal zu Ende lesen. Arno musste ich einweihen, damit er es nicht unwillentlich Hilde verrät. In Ordnung fand er es nicht. Hat sie nicht auch ein Anrecht darauf? fragte er. Meine vage Begründung mit Karlas Übergabe des Schlüssels für den Sekretär an mich, quittierte er mit einem wortlosen Blick.

Arno. Kurt.

Ich erzähle Hilde von meiner Beobachtung, dass Frauen, deren Männer gestorben sind – was erheblich häufiger vorkommt als die Witwerschaft von Männern – noch einmal regelrecht aufblühen, viel unternehmen, sich ihres Lebens freuen. Sie nickt, lächelt.

Unser Essen wird gebracht.

39.

25. 3.

Er weiß es selber nicht. Sagt er wenigstens. Immerhin habe ich ihn endlich gefragt.

Als er anrief (nach fünfeinhalb Tagen!), kein Wort darüber, dass wir doch ziemlich lange nichts voneinander gehört hatten. Seine Stimme klang müde.

Er kam zu mir. Ich hatte mich auf eine Aussprache eingestellt, hatte dadurch wahrscheinlich von vornherein etwas Forderndes, was ihn in die Defensive trieb. Was man alles falsch macht, wenn es um die Substanz geht. Ich hatte mir Aktivität vorgenommen, was dann vielleicht nur aggressiv gewirkt hat. Wie ein gescholtener Junge saß er auf der Couch, den Oberkörper nach vorn gebeugt, Ellenbogen auf die Knie gestützt, die Hände umeinander, das Kinn darauf gelegt, während ich im Zimmer hin und her ging. Natürlich hatte ich einen Ablaufplan, der bei solchen Gesprächen nicht eingehalten werden kann, weil die Erwiderungen zwar mitbedacht werden, sich aber nicht plangemäß einstellen.

Er schien überrascht. Ich begann, bemüht, meine Erregung zu zügeln, mit der Veränderung zwischen uns, die er doch sicher nicht leugnen wolle (ohne darauf einzugehen, nahm er die oben beschriebene Haltung ein), dass das aber nicht von mir komme, und ich nicht wisse, was in ihm vorgehe, was er womöglich an mir auszusetzen habe oder was sonst der Grund sei.

Keine Antwort. Ich hatte ja auch nichts gefragt. Also bat ich ihn, doch etwas dazu zu sagen. Als ich ihn so sitzen sah, wie in Schreckstarre, beweglich nur durchs Atmen, hätte ich mich am liebsten vor ihn hingehockt und ihn umarmt. Doch ich fürchtete, er würde sich nur steif halten und mich damit abwehren, überhaupt wäre Nachgiebigkeit falsch, dachte ich, sie würde nur alles verwischen, und ich wollte doch Klarheit.

Was ich denn meine, fragte er schließlich, und dieses Ausweichen machte mich wütend. Als ob er das nicht wüsste! Das sagte ich auch, und er erwiderte, es gebe eben Situationen, in denen man sich schwer zurechtfinde, und in denen man sich nicht entscheiden könne. Aha. Wolkig. Vermutlich hätte er mein Eingehen auf ihn gebraucht, ein ruhiges Nachfragen, statt dessen wurde ich ungeduldig.

Entscheiden – wofür oder wogegen? fragte ich.

Er wand und quälte sich, und ich versuchte, mein Mitgefühl zu unterdrücken. Und dann kam mit einem ratlosen Kopfschütteln der Satz: Ich weiß es selber nicht.

Ausrede, natürlich. Hätte ich weitergebohrt, wonach mir zumute war, es wäre nichts klarer geworden, das spürte ich. Es war auch keine Feigheit von mir, dass ich abließ von dem Thema. Ich hätte ihn weiter in die Enge getrieben, es hätte alles nur verschlimmert. Womöglich wäre es zu einem verzweifelten Ausbruch gekommen, der uns ohne vernünftige Überlegung auseinandergebracht hätte.

Bitte denk darüber nach, sagte ich, was Unsinn war, denn: Er denkt ja darüber nach, kommt bloß zu keinem Ergebnis. Er nickte nur ein bisschen, gewiss erleichtert, dass die Befragung erst einmal beendet war. Aber ich bin ›so klug als wie zuvor‹, bin nur froh, dass ich mich endlich überwunden und das Dilemma wenigstens angesprochen habe.

Kurz darauf verabschiedete er sich. Ohne Umarmung. Wir standen vor der Wohnungstür, ich mochte es nicht von mir aus tun, er war unschlüssig, und ich weiß nicht, war das nur der Situation geschuldet, oder mag er mich nicht mehr. Ich blieb im Korridor stehen, hörte, wie die Haustür zufiel, und mir war elend zumute.

Mit dem Aufschreiben wollte ich es loswerden, aber das gelingt nicht. Ich weiß nicht, wie es weitergehen soll.

27.3.

In der vergangenen Nacht habe ich von meinem Vater geträumt. Er hatte seine Uniformjacke an wie im Krieg, dazu aber eine zivile Hose, wie er sie später trug. Er wollte sich mit mir versöhnen, aber ich habe es abgelehnt. Erst als ich aufwachte, hat er mir leidgetan, wie er so traurig dastand im Traum, nachdem ich mich von ihm abgewandt hatte. Da ist – im Traum – einiges zusammengekommen, was in der Wirklichkeit gar nicht zusammengehörte.

Oder doch? Wievieles vergisst man im Leben – nicht vergessen habe ich, dass man mir am Ende eines Fronturlaubs vorm Einschlafen versicherte, am nächsten Morgen, wenn ich aufwachte, sei Vati noch da. Ganz, ganz bestimmt. Beide, sowohl mein Vater als auch meine Mutter, standen an meinem Bett (vorher hatte ich mich wohl geweigert einzuschlafen), redeten auf mich ein, bis ich ihnen glaubte. Am Morgen waren beide nicht da; Mutter brachte Vater zum Zug. Unsere Hausangestellte teilte es mir mit.

Hat sich mein Vater in meinem Traum für diese Lüge entschuldigt oder für seinen späteren Verrat?

40.

Ich bin eher gekommen, weil ich Abschied nehmen möchte, bevor ich dem Vermieter die Schlüssel von Karlas Wohnung übergebe.

Kein trüber Novembertag; es ist kalt, aber die Sonne scheint. Hell ist die ganze Wohnung, die Wände frisch geweißt, die Fußböden aus hellem Holz, das Parkett in den beiden Zimmern hatte Karla schon zu DDR-Zeiten abziehen lassen.

Bis vor einer Woche stand an dieser Stelle noch der Biedermeiersekretär, früher immer aufgeklappt, wenn ich kam; in geschlossenem Zustand habe ich ihn erst gesehen, als Karla gestorben war, da kam er mir ganz fremd vor. Nun steht er in meinem Zimmer, wieder geöffnet, wir haben umgeräumt, meinen alten Schreibtisch habe ich weggegeben, ich brauche ja nicht mehr so viel Platz zum Arbeiten wie früher.

Karla liebte es hell, sie mochte keine dunklen Möbel, für lange Zeit hatte sie die beliebten eschefurnierten aus Dresden-Hellerau. Später standen in diesem Zimmer nur wenige Teile, weiß, Stahl, Glas, in der Mitte des großen Raums leuchtete der blaue Teppich, das Birnbaumholz des Sekretärs hob sich wunderbar ab; hier stand die helle Couch, auf der ich sie zum letzten Mal gesehen habe. Tot.

Arno war selten hier, zu dritt haben wir uns eher bei uns getroffen, öfter habe ich Karla allein besucht. Manchmal haben wir an der Balkontür gestanden, besonders im Sommer, wenn sie geöffnet war, aber lange gab es da nur ein Gitter statt einer Fläche nach draußen.

Die Bäume gegenüber sind nun wieder kahl, verdecken weder die dahinter befindlichen Wohnungen, noch bieten sie Schutz vor Blicken von dort. Seit ich diese Gegend kenne, wohnten hier die unterschiedlichsten Leute, Bauarbeiter, Lehrer (das heißt, mehr Lehrerinnen), Verkäuferinnen, Künstler, Hochschulprofessoren (beiderlei Geschlechts), Industriearbeiter und -arbeiterinnen; viele Kinder gab es und wenige Autos – das hat sich nun umgekehrt. Auch hier wohnen jetzt zum großen Teil sogenannte Singles, die hohen Mieten haben Familien mit geringem Einkommen vertrieben; im Hof habe ich in den vergangenen Wochen kein einziges Mal Kinder spielen sehen. Aber die Autos stehen an den Straßenrändern so dicht, dass ich manchmal eine Viertelstunde brauche, ehe ich einen Parkplatz ergattere. Alles hat sich geändert, ändert sich weiter, während wir älter werden, alt, und aus unserer Nähe verschwinden nach und nach Menschen, Freunde ... Dass es Karla so früh sein würde, habe ich nie vorher auch nur in Erwägung gezogen.

Leer wirkt die Wohnung größer als vorher. Die breite Zimmertür mit den jugendstilverzierten Glasscheiben hat mir schon immer gefallen, ich glaube, Karla auch. In unserer Wohnung ist trotz der Erneuerung der alte verzierte Kachelofen stehen geblieben, allerdings nicht mehr beheizbar. Als wir jung waren, fanden wir all ›das alte Zeug‹ schrecklich; längst mögen wir diese ganz alten Gegenstände, und das nicht nur, weil wir selber alt sind – viele junge Leute sind ganz wild darauf, mittlerweile gefallen ihnen schon die Sachen aus den Fünfzigern, für die ich mich wahrlich nicht mehr erwärmen kann.

In diesem Zimmer stand die Liege, auf der Karla nachts schlief. Auf der sie lag, als sie damals grippekrank war. Merkwürdig, dass ich gerade daran gern zurückdenke. Wenn wir schwach sind, geben wir viel von uns preis. Ich habe nur zu wenig davon in den Alltag mitgenommen, habe wieder an die starke Karla geglaubt, die sie ja auch war, die sie aber nicht nur war.

An dem olivfarbenen Gründerzeitsofa von ihren Großeltern hing Karla offenbar, es stand schon in ihrer Studentenbude. In dieser Wohnung war es für die Küche bestimmt, zusammen mit dem derben Tisch, dessen Holzplatte man abscheuern konnte, und den alten gedrechselten Stühlen war es der gemütlichste Platz in der Wohnung, an dem wir gegessen und geschwatzt haben, manchmal bis in die Nacht hinein. Wenn es so spät wurde, habe ich mir ein Taxi genommen, das war damals nicht teuer. Ein Auto bekamen wir erst spät, auf unsere Telefone mussten wir ebenfalls lange warten, obwohl wir beide zu denen gehörten, die wegen ihrer Berufe bevorzugt wurden.

Arno hatte sich daran gewöhnt, dass ich spät nach Hause kam, wenn ich bei Karla war. Er aß dann allein mit den Kindern und schlief oft schon, wenn ich eintrudelte.

An diesem Küchenplauschort erzählte mir Karla manches, was sie offenbar anderen verschwieg, wissend, dass ich es nicht einmal Arno weitererzählen würde. Hier erfuhr ich von dem Desaster mit einem Medikament (an dessen Entwicklung sie nicht beteiligt war); in der Versuchsphase war es zu Todesfällen gekommen, die Kriminalpolizei war in der Firma, Kollegen wurden verhaftet, und nichts davon durfte in die Öffentlichkeit dringen. Die mangelhafte Informationspolitik war einer der Gründe, weshalb sich Karla später von der SED trennte; über die verhörartigen ›Aussprachen‹ beim Parteiaustritt hat sie mir auch an diesem Tisch berichtet.

Und ich erinnere mich an einen Abend – stundenlang hatten wir bei einer Flasche Rotwein über Politik debattiert, Karla öffnete eine zweite Flasche, was selten vorkam – da sagte sie beinahe übermütig, sie glaube, sie habe sich verliebt. Das solle ich aber ja für mich behalten! Überrascht wollte ich mehr darüber wissen, doch das war schon wieder zu viel der Neugier. Abwarten! sagte sie. Es war der Oboist, Christian Korten.

Wenn ich darüber nachdenke, fällt mir auf, diese Art Übermut strahlte sie auch aus, als es um Weinhofer ging. Da hielt sie sich nur besser im Zaum als an jenem Abend, als sie mir an diesem Tisch ihr Verliebtsein gestand.

Es klingelt. Hier steht doch gar kein Tisch mehr. Die Wohnung ist leer. Alles perdu.

41.

30. 3.

Irene hat mich angerufen. Was mit ihrem Vater los sei. »Wieso?« habe ich gefragt. Er sei mürrisch und abweisend ihr gegenüber, sie sei sich aber keiner Schuld bewusst.

Ich war ratlos und antwortete nicht gleich, weshalb sie mich fragte: »Was hast du bloß mit ihm angestellt?«

Das fehlte mir noch. Es blieb nichts anderes übrig, als ihr zu sagen, dass Clemens sich zu mir kaum anders verhält und ich den Grund ebenso wenig weiß. Diesmal schwieg sie so lange, bis ich fragte, ob sie noch da sei und ob sie dieses Verhalten bei ihrem Vater zum ersten Mal erlebe.

Ach, dieses Zögern! »Habt ihr euch zerstritten?«, wollte sie wissen. Ich fragte wieder nur ein ›Wieso?‹ zurück. Daraufhin kam ein umständliches Drumherumreden, wie ich es ihr gar nicht zugetraut hätte, weil ich sie als eher geradezu kennen gelernt habe. Sie wisse ja nicht, und das müsse überhaupt nicht auf mich zutreffen, es könne ja auch etwas ganz anderes sein – Ich wurde immer unruhiger, am liebsten hätte ich gesagt: Nun red' schon! Bis sie herausrückte, sie habe das bereits bei ihrem Vater erlebt, wenn er sich von einer Frau getrennt habe, allerdings nicht so schlimm wie diesmal.

Ich glaube, die Stille hat bei diesem Telefonat mehr Zeit beansprucht als das Reden. War ich Irene dankbar oder hätte ich es lieber von Clemens erfahren? Man hofft ja immer. Und Irene fütterte die Hoffnung, indem sie, wahrscheinlich selbst erschrocken über das, was sie angerichtet hatte, immer mehr Einwände gegen ihre Vermutung vorbrachte.

Wenn sie sich erinnere, sei das zwei Mal vorgekommen, die eine Frau habe sie gar nicht kennengelernt, eine unangenehme Person, wie sie annehme, ihr Vater habe ihr nicht sagen wollen, warum er sie habe sausen lassen, irgendwas Schäbiges müsse die gemacht haben. »Die andere war eine ganz Nette«, sagte sie. »Warum er bei der nicht geblieben ist, habe ich nicht kapiert. Aber wer kapiert schon, was sich zwischen Zweien abspielt. Ich hab's ja bis jetzt auch nicht geschafft, bei einem zu bleiben.«

»Möchtest du es denn?«

Es klang, als ob sie ins Telefonmikro bliese. »Vielleicht schon.« Großvater ist Clemens bis jetzt auch nicht. »Und was mach' ich jetzt mit euch beiden?«

»Gar nichts.«

Zugucken, wie bei anderen etwas kaputt gehe, sei ja fast noch schlimmer als es selber zu erleben, meinte sie.

Ich weiß nicht, ob sie Recht hat, hilflos ist man in beiden Fällen, wenn man auch, trifft es einen selbst, glaubt, hofft, noch etwas daran ändern zu können.

Irene denkt allerdings auch, ihr Eingreifen könnte nützen. Erst mal müsse sie überhaupt feststellen, ob es stimme, es könne ja ebenso gut sein, ihrem Vater sei eine ganz andere Laus über die Leber gelaufen.

Ich glaube das nicht. Ich bat Irene, sich lieber nicht einzumischen, merke aber, dass sie für mich noch wie ein Strohhalm ist, der mir die Verbindung zu Clemens sichert. Überredungsversuche liegen mir auch fern. Ebenso, wie ich ohne Eingriffe entscheiden möchte, was ich tue, billige ich Clemens das Gleiche zu. Oder erwartet er, dass ich um ihn ›kämpfe‹? Wenn ich das Wort in diesem Zusammenhang nur höre, denke, sträubt sich mir alles.

Ich sehe in Karlas Telefonverzeichnis nach: Unter W, Weinhofer, steht nur Clemens. Hat die Tochter einen anderen Familiennamen? Ich blättere, finde unter I Irene. Nur der Vorname. Sorgfältig durchgestrichen. Warum?

42.

Mir ist eingefallen, dass Karla seit vielen Jahren, bereits seit DDR-Zeiten, als es noch sehr schwierig war, jemanden für diese Arbeit zu bekommen, eine Haushaltshilfe hatte, die einmal pro Woche zu ihr kam. Wenn ich mich recht erinnere, hieß sie Decker mit Nachnamen, meine Frau Decker, sagte Karla, immer lobend.

Dekker, Inge, tatsächlich. Auch durchgestrichen. Ich denke, sie sollte wissen, warum sie nicht mehr für Karla arbeiten kann.

Bereits nach dem zweiten Klingeln meldet sich eine nicht mehr junge Stimme. Ich stelle mich vor, und nachdem ich mich vergewissert habe, dass ich mit der Gesuchten rede, sage ich ihr vorsichtig, dass Karla gestorben ist.

Ach!

Ich weiß nicht, was ich von dieser knappen Reaktion halten soll, frage, ob Karla der Frau gekündigt hat.

Jaja, sagt sie, und dass sie sich darüber gewundert habe, irgendwann hätte sie sowieso aufhören wollen, sie kriege ja nun schon Rente, aber bei Frau Klinger sei sie so lange geblieben, weil – sie habe das gewissermaßen aus alter Treue weitergemacht. Und nun ist sie tot?

Ich muss es bestätigen.

Da war sie wohl krank?

Was sage ich dieser Frau? Die Wahrheit.

Wieder kommt dieses: Ach! Aber ich täusche mich, wenn ich annehme, dass es der Ausdruck für mangelnde Erschütterung ist, die Frau braucht nur ein Weilchen, ehe sie wirklich begreift. Ich war so viele Jahre bei ihr, sagt sie, und das klingt, als müsse das doch ausreichen, um nicht so schnell zu sterben. Wie hat sie denn das gemacht?

Tabletten.

Ach! Ich stelle mir vor, Frau Dekker schüttelt mit dem Kopf, weil sie nicht versteht, wie man so etwas machen kann. Warum denn das? fragt sie. Wenn sie nich mal krank war. Sie war doch noch so fit. Und hatte alles.

Ich versuche ihr zu erklären, dass Karla nach dem Verlust ihrer Arbeit vermutlich das Alleinsein nur schwer ertragen hat.

Ich bin och alleene, seit mein Mann gestorben iss. Schön isses nich. Da kann ich heraushören: Aber deshalb bringt man sich doch nicht um! Wie soll ich ihr verständlich machen, was ich selbst nur schwer verstehen kann.

Zu Frau Klinger bin ich gern gegangen, sagt Frau Dekker. Immer korrekt. Immer pünktlich bezahlt und reichlich. Aber och als Mensch – sie hat sich immer erkundigt, wies mir geht, und nich nur so, von oben runter, sie war wirklich intressiert. Zur Beerdigung von meinem Mann iss sie och gekomm'. Ob ich schon wisse, wann Frau Klinger beerdigt werde.

Ich sage ihr das Datum, nenne den Friedhof.

Da will sie natürlich kommen. Und wenn Sie Hilfe brauchen – ich meine, für die Wohnung von Frau Klinger, das macht doch alles Arbeit, da will ich nischt für haben, das bin ich Frau Klinger schuldig.

Ich sage ihr, dass ich mit Karlas Schwester schon alles erledigt habe.

Hoffentlich fragt sie nicht, warum ich sie erst so spät benachrichtige. Ich kann ihr doch nicht sagen, dass Karla sie durchgestrichen hatte.

43.

2.4.
Von Clemens höre ich wieder nichts, schon eine Woche. Will er sich um eine Aussage drücken? Wartet er wie ein Kind, das etwas Verbotenes gemacht hat, dass die Eltern es entdecken? Männer, heißt es, sind in diesem Punkt ziemlich feige. Aus eigener Erfahrung kann ich nur umgekehrt behaupten, Frauen streben eher klare Verhältnisse an, auch wenn sie mit Unannehmlichkeiten verbunden sind. Männer, die eine Nebenfrau haben, spielen vielleicht ab und zu mit dem Gedanken, die Ehefrau zu verlassen, besonders, wenn die Geliebte attraktiver ist als das tägliche Brot – ernsthaft denken sie gar nicht an eine Trennung, es sei denn, eine der beiden Frauen zwingt sie, sich zu entscheiden. Frauen halten die entsprechende Situation nicht lange aus, entweder trennen sie sich wieder von dem Geliebten – oder vom Ehemann.

Aber um eine dritte Person geht es doch bei uns vermutlich gar nicht, es geht – worum eigentlich? Es ist zum Verrücktwerden.

Sowohl Arno als auch ich haben so eine Dreier-Situation provoziert, lang, lang ist's her, schlimm war es jedes Mal. Ich musste selber dahinterkommen, dass Arno eine andere hatte – besonders raffiniert im Geheimhalten war er nicht, seine Ausreden hätte ich ohne weiteres nachprüfen können –, einmal fand ich zwei abgerissene Kinokarten, und eine Restaurantrechnung ließ er sogar auf seinem Schreibtisch liegen; Freud hätte seine Freude gehabt. Als ich Arno zur Rede stellte, leugnete er nicht, versprach, Schluss zu machen, und er hat es offenbar bald darauf eingehalten.

Etwas später verliebte ich mich in einen Autor, und Arnos Verhalten gab mir Grund, es ebenfalls nicht bei der Enthaltsamkeit zu belassen. Da hatte ich meine Gefühle unterschätzt, ich geriet immer tiefer hinein, gestand es Arno, der bis dahin nichts bemerkt hatte: ich wollte mich tatsächlich von ihm scheiden lassen. Es gab heftige Auseinandersetzungen – die Kinder haben letztlich den Ausschlag gegeben.

Nach einer schmerzhaften Zeit – ich konnte mich doch von dem Mann nicht fernhalten, bevor wir sein Manuskript druckfertig hatten – war ich froh, mich so entschieden zu haben. Und heute bin ich dankbar, dass derlei Anfechtungen weit hinter mir liegen, mit der sicheren Annahme, Arno geht es ebenso.

Es ist nicht die Angst vorm Alleinsein, die mich mutlos macht – ich bin gern allein, ich brauche es sogar. Was ich nach den frühen Erfahrungen gänzlich beiseite geschoben hatte und sich nun ungehindert ausgebreitet hat, ist der Wunsch, der Drang, die Sehnsucht nach – keineswegs ständiger – Nähe, nach Vertrautheit, Zärtlichkeit, körperlicher Berührung, die keineswegs in Sex münden muss.

Lag mir früher an einem Mann nicht weiter, waren mir Zutraulichkeiten eher unangenehm, wenn einer mir gar in der Öffentlichkeit zu nahe kam, fand ich das sogar peinlich. Als ob ich alle Sensoren eingezogen und mich in einen Kokon eingespon-

nen gehabt hätte, der sich mit Clemens' Erscheinen verflüchtigt hat. Nun stehe ich schutzlos da, ausgeliefert. Nicht mehr beachtet. Nein, das glaube ich nicht, ich bin ihm nicht gleichgültig geworden, das erschwert es ja so, ihn innerlich von mir abzuweisen, Ich denke eher, es fällt ihm schwer, sich von mir loszureißen, und dieser Eindruck verhindert, dass ich alle Hoffnung fahren lasse. Dennoch: die Ungewissheit ist das Quälendste.

5.4.

So oft muss ich in letzter Zeit an Peter denken. Dieses Was-wäre-wenn, ich weiß, es ist eigentlich unsinnig, weil es ja Gründe dafür gab, dass es **n i c h t** *so lief. Aber es ist nicht nur ein Spiel; im Spekulieren darüber lässt sich manchmal etwas finden, worauf man anders nicht käme. Hätte Peter sich nicht von mir getrennt, oder, genauer, hätte ich ihn durch mein Verhalten nicht zu einer solchen Entscheidung gedrängt, wären wir vermutlich beieinander geblieben. Allerdings sträubt sich alles in mir, ziehe ich in Betracht, heute noch in meiner Heimatstadt zu sitzen. Doch wenn man zusammenlebt, und das von einem Alter an, in dem man noch wandlungsfähig ist, verändern sich beide. Spätestens mit der Verstaatlichung seiner Apotheke hätte Peter einsehen können, dass man auch woanders leben und arbeiten kann. Ohne Heirat wäre es wahrscheinlich nicht abgegangen (dagegen hatte ich damals auch nichts), wahrscheinlich hätten wir Kinder – wäre ich heute glücklicher? Ich glaube nein. Meine Vorstellungen, wie es hätte laufen können, sind doch wesentlich davon geprägt, dass Peter sich geändert hätte – an meiner eigenen Nachgiebigkeit scheine ich zu zweifeln. So gesehen, habe ich mein Leben über die wesentliche Zeit ganz richtig zugebracht.*

Nur der verbleibende Teil gefällt mir nicht. Deshalb ist in mir etwas aufgebrochen, mit dem ich diesen Abschnitt verschönern wollte. Aber zu der Variante gehören Zwei –

Peter war doch nicht dumm, nicht interesselos, unsensibel schon gar nicht. In einer anderen Umgebung, unter anderem Einfluss, wäre er vielleicht auch jetzt noch ein guter Partner für mich, auch intellektuell. Mein Widerstreben gegen den täglichen Trott zu zweit entspringt vielleicht auch nur meinen Gewohnheiten und einem Klischee. Mein Leben war womöglich stärker von Wiederholungen geprägt (täglich von morgens bis abends im Labor, erst die Management-Arbeit brachte einen Wechsel) als das von Ehefrauen mit Kindern. Und die Abwechslung durch verschiedene Liebhaber erzeugte zwischen den kurzen Räuschen auch eher fade Gefühle, die nach Neuem verlangten.

Warum nehme ich eigentlich so selbstverständlich an, dass Peter verspießert ist? Es könnte ja auch sein, er liest viel mehr als ich, fährt, wenn er etwas Gutes sehen will, in die entsprechenden Orte, und seine Frau stelle ich mir auch nur so kleinbürgerlich vor, weil das damals schon in mein Raster passte?

44.

Ohlert.

Spreche ich mit Herrn Peter Ohlert?

Ja.

Ich nenne meinen Namen, sage, dass ich die Freundin von Karla bin.

Keine Reaktion.

Kennen Sie Frau Klinger nicht?

Nein.

Ich bin ratlos, bis der Mann mir weiterhilft:

Vielleicht möchten Sie meinen Vater sprechen?

Heißt er auch so?

Er bestätigt es, verspricht, den Senior ans Telefon zu holen.

Ich muss eine ganze Weile warten, denke schon, die Verbindung könnte unterbrochen sein, höre Stimmen im Hintergrund, die näherkommen; eine Frau nennt nun denselben Familiennamen. Ist das die Mutter? Kann ich mit ihr von Karla sprechen? Nicht umsonst habe ich dieses Telefongespräch so lange vor mir hergeschoben. Vorsichtshalber sage ich wieder nur meinen Namen, überlege, ob ich nach ihrem Mann fragen soll, aber weiß ich, ob ich da nicht nach dem Falschen frage? Die sollen sich mal was ausdenken, wie man sie am Telefon besser auseinanderhalten kann.

Die Frau erlöst mich: Sie wollten meinen Mann sprechen?

Ja. Ich hoffe, es ist der Alte. Aber der ist »im Moment« nicht da, kommt vielleicht in einer halben Stunde wieder. Alles mit leicht sächsischem Tonfall gesprochen.

Kann er Sie zurückrufen?

Nachdem ich der Frau meine Nummer zum Mitschreiben diktiert habe, verabschiedet sie sich höflich.

Ich verfluche meine Situation. Warum muss ich mich um die verflossenen Liebhaber meiner toten Freundin kümmern. Ich bin mieser Laune, ich hätte das heute sein lassen sollen. Nun warte ich, ob der Kerl anruft. Bin zu unruhig, um etwas Vernünftiges anfangen zu können.

Er ruft an. Keine halbe Stunde ist vergangen. Die Stimme klingt etwas gesetzter als die des Sohnes, das Gepflegt-Sächsische färbt beide. Karla hatte es abgelegt. Karla. Durch meinen Unmut bin ich gar nicht so einfühlsam-aufmerksam, wie es für dieses Gespräch nötig wäre. Um meinen Ärger zu mindern, spreche ich, bemüht um einen freundlichen Ton, erst einmal die Verwechslung durch die gleichlautenden Namen an.

Entschuldigend erklärt er, das sei nur vorübergehend, die »jungen Leute« seien ins Haus gezogen, für ihn und seine Frau genüge nun das Obergeschoss, und in den nächsten Tagen bekäme sein Sohn ein eigenes Telefon. Etwas anderes sei die Namensgleichheit überhaupt, daran denke man leider bei einem Säugling nicht, und wiederum: Für die Apotheke sei es günstig gewesen, kaum Änderungen, als sein Sohn sie übernommen habe. Aber was ihm denn die Ehre meines heutigen Anrufs verschaffe.

Gesprächig, der Mann, sympathisch, gern hätte ich ihn aus einem anderen Anlass kennengelernt. Meine Stimmung bessert sich. Zwar habe ich bereits einige Übung darin, Karlas Tod mitzuteilen, die Verwirrung ist nicht mehr so groß wie anfangs, doch jedes Mal gilt es einer anderen Person, die, abgesehen von ihrer psychischen Verfassung, in einer anderen Beziehung zu Karla gestanden hat. Wie kann ich es jetzt am besten sagen? Ohne umständliches Heranreden mit ›Jaa‹ und ›Siekennendoch‹ und der Frage, wann er das letzte Mal mit Karla gesprochen habe, will es mir nicht gelingen. Seine Antwort:

Vor einem Monat etwa.

Kurz denke ich, dann war er wohl einer der Letzten, mit dem sie geredet hat, und teile ihm dann unumwunden mit: Sie ist tot.

Wie bitte?

Nun war es doch zu direkt, ich muss es wiederholen.

Es folgt die übliche Frage nach dem Wie, dem Naheliegenden, einer Krankheit. Sein Ton hat sich geändert, sein Redetempo nicht, eine Pause tritt erst ein, nachdem ich ihm gesagt habe, sie hat sich das Leben genommen.

Das hat sie doch schon mal versucht.

Er murmelt es fast, nur durch die Stille in unserer Wohnung kann ich es verstehen. Ich will wissen, ob sie es in irgendeiner Weise angedeutet hat.

Nein. Scheinbar sachlich-nüchtern wie immer habe sie mit ihm geredet, wenn auch über Dinge, die eigentlich gefühlsbelastet seien. Verwunderlich habe er das schon gefunden. Verwunderlich überhaupt, dass sie sich nach so langer Zeit bei ihm gemeldet habe, doch er habe es gedeutet als das Bedürfnis, sich, wenn man älter werde, an die Erlebnisse der Jugend zu erinnern. Seit etwa einem halben Jahr habe sie ab und zu angerufen.

Ob sie auch über ihre Jugendzeit geredet hätten.

Fast nur darüber. Vor allem über ihren Vater, mit dem sie sich offenbar versöhnen wollte, was ihr aber sehr schwerfiel.

Was war der Vater für ein Mensch?

Peter Ohlert muss überlegen, dann antwortet er bedächtig, damals habe er ihn als jemanden empfunden, dem man sich anvertrauen könne, aber hinter der Fassade des alles überschauenden Schuldirektors sei er wahrscheinlich nicht nur weich, sondern schwach gewesen. Seine Frau, Karlas Mutter, die gar nicht so in Erscheinung getreten sei wie er, sei vermutlich die Bestimmende gewesen in dieser Ehe.

Das klingt väterlich-allwissend. Ich frage ihn, ob er sich für Psychologie interessiert.

O ja! Menschenkenntnis halte ich für sehr wichtig in der Medizin, auch als Apotheker. Das habe ich auch immer meinem Sohn gesagt.

Ob mit Erfolg, will ich nicht erforschen, mich interessiert, ob er sich im Nachhinein sein bisheriges Leben auch mit Karla vorstellen kann. Aber das ist heikel, ich habe den Mann nie gesehen, doch wie er bis jetzt geredet hat, scheint es möglich, mit ihm darüber zu sprechen. Ein paar Vor-Sätze muss ich schon anbringen, den, dass er meine Indiskretion entschuldigen möge, aber als langjährige Freundin, die von dem Ereignis völlig überrascht worden sei –

Haben Sie jemals daran gedacht, wie Ihr Leben verlaufen wäre mit Karla zusammen?

Er antwortet ziemlich rasch: Daran habe ich sogar sehr oft denken müssen, besonders in der letzten Zeit. Höchstwahrscheinlich wäre es nicht lange gut gegangen mit uns.

Wie ich Karla von damals kannte, und auch jetzt – sie hätte vermutlich darauf bestanden, dass es nach ihrem Kopf geht. Verstehen Sie mich bitte nicht falsch, ich will nicht allein bestimmen, was gemacht wird. Da können Sie meine Frau fragen: Wir haben alles mehr oder weniger gemeinsam geregelt. Ich wäre aber gern mit Karla befreundet geblieben. Sie ist – sie war, muss ich ja nun leider sagen – ausgesprochen belebend, durch ihre Intelligenz, auch durch ihre manchmal provozierenden Ansichten.

Mutig geworden, frage ich nun, wie seine Frau auf Karlas Anrufe reagiert hat.

Er zögert. Ach, sie ist ziemlich tolerant, meint er. Und mittlerweile sind wir so lange verheiratet – da spielt das keine Rolle mehr.

Möchten Sie zu Karlas Beerdigung kommen?

Er möchte es. Vielleicht will seine Frau auch mitkommen. Denn eigentlich, sagt er, hat Karla von Anfang an eine Rolle gespielt zwischen uns. Wenn sich die beiden Frauen auch nie kennengelernt haben.

45.

9.4.

Ich bin wieder aufgestanden. Wie betäubt habe ich die meiste Zeit geschlafen, habe oft verworren geträumt. Ich darf mich nicht gehen lassen, ich muss versuchen, wieder ein normales Leben zu führen. Ohne Clemens.

Wenn er wenigstens auch nur einen einzigen Grund hätte anführen können, der – aus seiner Sicht – eine gewisse Logik enthielte, der es mir ermöglichte, mich innerlich von ihm zu entfernen! Mir zu erklären, dass er mich nicht mehr mag, hat er gar nicht erst versucht. Ich beneide alle Abgewiesenen, die Kälte zu spüren bekommen, womöglich Gemeinheiten, zumindest Ungerechtigkeit, gegen die man sich wehren, Wut kriegen, durch die sich Liebe in Hass verwandeln kann. Ich schlage wehrlos gegen glatte Gummiwände – würde ich schreien, wonach mir manchmal zumute ist, niemand würde mich hören.

Dabei habe ich das Gespräch – Auseinandersetzung kann ich es nicht nennen – selbst herausgefordert, in der Hoffnung, Klarheit zu gewinnen. Wie lange hätte er es ohne meine Aufforderung noch hinausgeschoben? Bin ich nun etwa besser dran? Ihn habe Panik erfasst, sein Leben könnte im Gleichmaß enden. Angst vor Routine (sage ich). Er möchte sich nicht mit mir streiten, fürchtet Alltagsgezänk. Worüber? wagte ich zu fragen. Das wisse man doch nicht vorher. Meine Abwehr war gelähmt. Natürlich meinte er nicht meine Streitlust bei geistigen Themen; er ertrüge es nicht, wenn unsere Beziehung auf ein Alltags-

Mittelmaß gedrückt würde, das ist mir klar. Wie absurd. Wahrscheinlich hofft er auf ein Vergessen, wenn wir uns nicht mehr sehen. Geht es ihm dann besser?

Welche Einsicht kann mir helfen? Ich bin gefangen in meinen Gefühlen, die ich nicht entfernen kann wie Eingeweide aus einem toten Tier. Wahrscheinlich will ich auch gar nicht mehr ohne diese Gefühle leben. Es ist nur so grausam, annehmen zu müssen, Clemens' Sehnsucht nach Liebe ist nicht geringer als meine, nur seine Angst vor dem Abflauen verbietet uns ein Miteinander. Wozu sind wir so alt geworden, haben so viele Erfahrungen gemacht, wenn wir sie nicht vernünftig für eine andere Art des Zusammenseins anwenden?

Sehnsucht. Früher habe ich gedacht, es bedeutet die Sucht, den anderen zu sehen, aber gemeint ist wohl eine Sucht, sich zu sehnen. Sehnsucht, das Wort klingt wunderbar, aber es ist doch eine Sucht, und das kann nicht gut sein.

Am liebsten würde ich mich wieder ins Bett legen und schlafen, schlafen. Nein, nachdem ich das Zimmer gelüftet habe, werde ich das Bettzeug wegräumen.

15.4.

Ich weiß nicht, worum ich mich bemühen soll. Könnte ich sagen: Weg damit!, würde ich es vielleicht schaffen. Hin und her gerissen, stelle ich am Ende immer wieder fest: Ich will es gar nicht. Bedenke ich die unterschiedlichen Phasen meines Lebens, erscheint mir diese, letzte, als so wichtig, dass ich sie nicht nur als vergangene in mir erhalten möchte, sondern die Liebe bewahren als das Kostbarste, das ich empfinden kann. Das Unterdrücken solcher Gefühle ist ein Gewaltakt, den möchte ich nicht noch einmal begehen, hinterher käme ich mir amputiert vor. Ich habe ja auch nichts mehr, was mich von der Leere ablenken könnte, keine Arbeit, die ich unbedingt tun muss, tun will, die mir, auch in den Augen der Anderen, die nötige Wichtigkeit verleihen könnte. Da hat es Clemens leichter, er ist eingespannt in die täglichen Weltgeschehnisse, sie sind, trotz banaler Verschleierungen, wesentlich und bieten ihm die Möglichkeit, sich die meiste Zeit über abzulenken.

Es tut weh, es tut immerzu weh, und ich kann nicht vorhersagen, wie lange ich diese Schmerzen aushalte, ohne nach einem Mittel zu suchen, das sie beendet.

21.4.

Wenn er gestorben wäre, es könnte nicht schlimmer für mich sein. Verloren für immer. Der Tod wäre ein Grund, mit dem ich hadern, den ich aber nicht ändern könnte. Er käme von irgendwoher, bloß nicht von ihm. Seh-Verbot – von ihm. Berühr-Verbot – von ihm. Ein Gefühl der Sinnlosigkeit, weil mir nicht aus dem Kopf geht: Es wäre doch auch anders möglich. Deine Haut auf meiner Haut, warum verweigerst du das? Wäre es zu dem gekommen, was du befürchtest, könnte ich es einsehen – was ist in dir, das dich die Verflachung so fürchten lässt, dass du nicht einmal den Versuch wagst, sie zu vermeiden?

46.

Wenn es um ihre eigene Befindlichkeit geht, sind die meisten Männer Analphabeten. Liegt das in ihrer Natur, oder ist es eine falsche Erziehung, die Überliefertes munter weiterträgt? Sie haben sich doch schon sehr verändert, die Männer, geben Schwäche zu, kümmern sich in einer anderen Weise als früher um ihre Kinder – und trotzdem beklagen sich auch jüngere Frauen darüber, dass sie mit ihnen nicht über Gefühle reden können. Was ist überhaupt ›männlich‹? Heutzutage teilt man die Männer grob ein in Machos und Softies. Arno ist kein Macho, dieser Weinhofer offenbar auch nicht. Also Softies. Blödsinniges Vokabular. Was gilt denn als männlich? Wenn ich mir solche Typen ansehe, scheinen sie mir ziemlich überzeugt von sich zu sein, strahlen Machtbewusstsein aus, lehnen es ab, sich in die Psyche eines anderen Menschen zu versetzen, und wenn sie es doch tun, dann nur in die Gleichgesinnter – Männer, natürlich. Keine weiblichen Emotionen, bitte! Zumindest nicht, wenn sie selbst davon betroffen sind. Sie warten nicht darauf, dass man ihnen gibt – sie nehmen sich, und das, glauben sie, steht ihnen auch zu. Hat sich Karla früher nicht ähnlich verhalten? Sie spricht von einem Abschneiden ihrer Gefühle – ist den Männern der Zugang zu den ihren ebenfalls verwehrt?

Ich stelle es mir schwierig vor, als sensibler Junge ein gröberes, durchsetzungsfähiges Verhalten als das gesellschaftlich wünschenswerte zu erleben, dazu aber selbst nicht fähig zu sein. Das muss doch zu einer Art Verkapselung führen, schließlich möchte man bestehen vor den Anderen. Und wenn man sich später zu sehr auf weibliche Empfindungen einlässt (wir dürfen das ja, uns wird es als gegeben zugestanden, wenn auch mit ein wenig Verachtung), ist dieser Kapsel-Schutz in Gefahr.

Wie vorsichtig Arno immer gewesen ist, auch in seinen Äußerungen. Nur nicht zu viel preisgeben. Seine Gefühle für mich musste ich erspüren, dabei hätte ich so gern auch einmal gehört, ob und wie er mich liebt. Sobald es aber darum ging, mir in irgendeiner Angelegenheit beizustehen, mich zu verteidigen, mir zu helfen, wenn es mir schlecht ging, konnte ich mich auf ihn verlassen, und, da hat er ja recht, das ist wichtiger als gefühlvolle Worte, so berauschend sie sein mögen.

Etwas anderes hat es zwischen uns ebenfalls nicht gegeben (und ich denke, das war wichtig auch für die Kinder): Respektlosigkeit. Bei Auseinandersetzungen sind in der Rage durchaus auch mal derbe Worte gefallen; dieses ständige Herabsetzen des Partners, das ich bei so vielen Paaren erlebe, sei es mit groben Ausdrücken oder ironisch-fein, davor haben wir uns immer gescheut, weil es die Achtung voreinander zerstört, und die sollte man nie verlieren. Ich vermute, auch deshalb hat sich unsere Liebe nicht nur erhalten, sondern eher vertieft. Manchmal leuchtet sogar ein Fünkchen Verliebtsein wieder auf. Wer weiß, welche Erfahrungen dieser Weinhofer gemacht hat.

47.

2. 5.

Dein leerer Platz. Ins letzte Konzert dieser Spielzeit werde ich wahrscheinlich nicht mehr gehen und für die nächste Saison das Abonnement kündigen.

Bis zum Erscheinen des Dirigenten hatte ich gehofft, der Stuhl mir gegenüber würde besetzt, nicht von irgendjemandem, dem Clemens seine Karte gegeben hat, sondern er selbst käme noch. Strauß' ›Heldenleben‹ wurde zur Trauermusik. Ich habe versucht, nicht mehr hinzusehen, nicht an die unbesetzte Stelle zu denken – es gelang mir nicht. In der Pause bin ich gegangen. Wie gut, dass ich ohne Auto gekommen war, so konnte ich nach Hause laufen, was mich etwas erleichterte. Als ob der innere Aufruhr durch die Bewegung nach außen abgeleitet würde. Sobald ich zu Hause war, überfiel es mich wieder. ›Wem nie durch Liebe Leid geschah'‹, – ›– und wem es just passieret, dem bricht das Herz entzwei.‹ Mittelalter und Heine. Es ändert sich nichts, ich bin eingebunden in die ewige Kette der Liebeserfahrung. Und immer wieder die Frage: Ginge es mir besser, wenn ich Clemens nie begegnet wäre? Keine Liebe – kein Leid, kein Glück – kein Kummer. Wie armselig. Hätte ich noch vor einiger Zeit abgestritten. Lieben, allein, ist traurig – nicht mehr lieben, weil allein, wäre öde. Ich muss es aushalten.

Die Hilflosigkeit gegenüber einer Haltung, die ich unvernünftig finde, ist das Schlimmste dabei. Unbegreiflich. Ich möchte ihn schütteln, um ihn aus seiner Lethargie zu befreien.

So wirkt er jedenfalls: lethargisch. Wie in einer Art Winterschlaf die Kälte überstehen. Welche Kälte? Ich hätte ihn so gern umarmt, seinen Körpergeruch eingeatmet – vermutlich hätte er es unbeweglich über sich ergehen lassen, und das erleben zu müssen, wollte ich vermeiden.

Ein Mensch, der den Abschied gegeben hat, ist erleichtert, wenn auch vielleicht mit schlechtem Gewissen, er ist noch ein wenig mitfühlend, anstandshalber, aber letztlich nur auf den Moment wartend, da die Szene vorüber, der Anblick des Unglücks aus dem Gesichtsfeld ist. Clemens wirkte wie erstarrt.

48.

Es tut mir gut, mal wieder bei Annemarie zu sitzen. Ihre fast sachlich wirkende Redeweise hat sie sich wahrscheinlich im Umgang mit den Schulkindern angewöhnt, das beeinträchtigt aber nicht ihre wärmende Ausstrahlung. Ihre Wohnung ist für meinen Geschmack ein wenig überladen; Reiseandenken, Figürchen, skurriles Gestein, Gemaltes und Gebasteltes von Schülern, eigenen Kindern und Enkeln, aber alles wirkt bei ihr einladend gemütlich. Nach den Wochen der fast ausschließlichen Beschäftigung mit Karla ist sie ein Ruhepunkt für mich.

Trotzdem hält Karla weiter meinen Kopf besetzt. Ich erzähle Annemarie, dass sie sich trotz ihres Alters noch einmal ernsthaft verliebt hatte.

Findest du das so ungewöhnlich? fragt Annemarie.

Ich staune, stumm, und sie erzählt mir, dass ihr das ebenfalls passiert sei; wenn auch nicht so heftig, habe sie sich in wesentlich Jüngere verknallt.

Da vergreifst du dich also an deinen Kindern?

Annemarie weiß natürlich, ich meine damit nicht ihre eigenen, trotzdem protestiert sie, sie vergreife sich doch nicht an denen!

In der Phantasie aber doch, sage ich.

Darüber nachdenkend, wird mir klar, dass auch ich nach wie vor manche Männer nicht nur wegen ihrer Intelligenz oder ihres Charakters anziehend finde; sie wirken erotisch auf mich, wenn ich mich auch seit vielen Jahren nicht mehr in einen von ihnen verliebt habe. Die von mir bevorzugten Exemplare sind zwar nicht mehr jung, aber jünger als ich sind sie allemal. Das hört wohl nimmer auf, so lange wir lebendig sind.

Annemarie ist keine Weintrinkerin, bei ihr gibt es Kaffee und Likör, von dem sie immer mehrere Sorten anbieten kann. Diesmal trinken wir einen französischen Pflaumenlikör, mit Cognac versetzt, wie sie erläutert. Er hat einen feinen Geschmack, ist auch nicht so süß wie die meisten Liköre, was mir lieb ist.

Welches Thema wir auch anschneiden, ich komme immer wieder auf Karla. Ich hätte ja nun, da die Wohnung aufgelöst ist, genügend Zeit, ihre Tagebücher hintereinander bis zum Ende zu lesen, aber ich fürchte mich davor, derart in ihr Elend hineingezogen zu werden, nur häppchenweise ertrage ich es.

Mit Annemarie habe ich mich verabredet, weil ich Karlas Drama einmal vergessen wollte, aber da mir das nicht gelingt, ist es auch schon hilfreich, darüber reden zu können. Mir fehlt Hilde. Und Arno möchte ich möglichst wenig damit behelligen, ich vermute, er ertrüge es schlecht.

Annemarie hört mir zu, gibt zu erkennen, dass sie von manchem, was ich ihr über Karla erzähle, nicht überrascht ist. Beide waren einander immer ein wenig fremd, ich habe mich entweder mit der einen oder der anderen getroffen, gleichzeitig habe ich sie nur eingeladen, wenn noch andere Gäste da waren, und dann haben sie sich meist nicht miteinander unterhalten.

Dass Karla sich umbringen könnte, hat Annemarie allerdings auch nicht für möglich gehalten. Sie habe sie eher als eine empfunden, die das Leben stets meistert, ein bisschen forsch manchmal, was ihr, Annemarie, nicht so gelegen habe, aber vielleicht habe Karla Unempfindlichkeit demonstriert, um ihre Empfindlichkeit zu verbergen?

Ich nutze die Gelegenheit, Annemarie zu fragen, wie sie mit dem Alleinleben zurechtkommt.

Nachdem sie diesen Zustand schon so lange kennt, hat sie die Frage wohl nicht mehr erwartet. Nicht immer gut, sagt sie. Dann überlege sie, ob sie sich ein Tier anschaffen solle, lasse es aber regelmäßig wieder sein, weil das abhängig machen würde, schließlich habe sie ihre Kinder und Enkel, engagiere sich bei den Grünen in der Asylpolitik, und eine Stubenhockerin sei sie auch nicht, wie ich wisse. Aber manchmal, sagt sie, überfällt mich das Gefühl, überflüssig zu sein, da denke ich, alle Aktivitäten lasse ich mir nur einfallen, um das zu übertünchen. Und sollte mir mal was passieren, Schlaganfall oder so, wäre es auch nicht besonders günstig, wenn niemand in der Nähe ist.

Ich schlage ihr vor, sie täglich anzurufen, und wenn sie sich nicht meldet …

Sie hat einen Wohnungsschlüssel bei einer Nachbarin hinterlegt und mit dieser ausgemacht, ab irgendwann das zu tun, was ich ihr eben vorgeschlagen habe. Aber wir schieben es immer wieder hinaus, sagt sie. Vielleicht, bis es zu spät ist …

Dem ist Karla entgangen. Um diese Phase hat sie sich gedrückt, hat sich davongestohlen … Manchmal habe ich Wut auf sie, weiß aber, dass ich ihre Konsequenz bewundere und meine Wut nicht nur die Verzweiflung ist, Karla nicht mehr zu haben, sondern auch ein bisschen Neid.

Ich sage das zu Annemarie, und sie meint, ihr fehle das Verständnis für Selbstmord; sie habe das Empfinden, ein Leben müsse als Ganzes erfüllt werden, auch mit allen Schmerzen, jedenfalls ohne künstliche Eingriffe.

Durch die moderne Medizin greifen wir doch ständig ein, erwidere ich ihr.

Sie gibt mir Recht. Vielleicht ist das auch nur so ein Gefühl, sagt sie, eine Rechtfertigung des eigenen Daseins, auch wenn es in der Demenz endet.

Und wenn jemand nicht die Kraft hat, das zu ertragen oder ertragen zu wollen?

Annemarie zuckt mit den Schultern.

Karla als die Schwache?

49.

12. 5.

Ich wünsche mir so sehr, Clemens zu begegnen, und ich fürchte mich davor. Buchstäblich zu erleben, wie er mich meidet, womöglich kühl auf mich reagiert, das kann doch meine Lage nicht erleichtern. Und doch hoffe ich immer –

Gleichzeitig lebe ich in der Vergangenheit, versuche, mir gemeinsame Erlebnisse mit ihm zu vergegenwärtigen.

Wir waren eingeladen bei Freunden von ihm (er hat mich mit anderen bekannt gemacht!), ein Ehepaar, keine gute Ehe, erfuhr ich schon vorher. Mit dem Mann war Clemens seit dem Studium befreundet, beide Männer heirateten, hörten lange nichts voneinander, und als sie sich wiedertrafen, war Clemens bereits geschieden, und seinen Freund fand er in einer Ehe, von der er sich fragte, warum trennen sie sich nicht, wenn sie einander doch offenbar nicht mehr mögen. Erst viel später begriff er, dass sie einander ebenso als Hassperson benötigten, was sich in teilweise bösartigen Rededuellen abspielte, wofür sie manchmal auch Zuhörer haben wollten. Das ging so weit, dass Clemens zu ihnen ironische Bemerkungen darüber machte – sie waren keineswegs beleidigt, sondern lachten. Mit dem Mann verstand sich Clemens sehr gut, doch die Frau schätzte er auch, und mir war sie gerade wegen ihrer intelligent-ironischen Art sympathisch. Endlich mal eine Frau, die sich von spitzen Bemerkungen der Männer nicht niedermachen ließ, sondern augenblicklich zurückzielte. Das waren keine harmlosen Späße, die ebenso harmlose Freude bereiteten, sondern da wurde mit verzierten Beleidigungen verletzt, wobei sie das Schmerzerleiden wahrscheinlich ebenso brauchten wie das Zufügen. Dem beizuwohnen, war unangenehm, wenngleich sie sich, wie Clemens hinterher meinte, in meiner Gegenwart einigermaßen zusammengenommen hätten.

Clemens saß am Tisch mir gegenüber, oft sahen wir uns an, sogen uns für kurze Zeit aneinander fest. Auf dem Heimweg hakte er sich bei mir ein, zog mich dabei dicht an sich heran, als wollte er mich festhalten. Ohne es auszusprechen, hatten wir wohl beide das Bedürfnis, uns zu versichern: So möchten wir nicht miteinander umgehen. Da bestand doch auch keine Gefahr.

13.5.

Warum klammern wir uns so ans Leben, auch wenn wir gar keine Freude daran haben oder welche in Aussicht ist? Einen überzeugenden Sinn für alles hat noch niemand herausfinden können, und doch hangeln wir uns – eifrig oder müde, begeistert, erwartungsvoll oder einfach zäh – von einem Tag zum nächsten, als erwarteten wir irgendeine Belohnung für die Ausdauer.

Das Gefühl des Verlassenseins hatte ich vergessen, damals hatte ich mich ums Vergessen bemüht, bis es mir gelungen war. Als ich meiner Mittel dafür beraubt wurde, kam es wieder hervor, und ich fand nichts, es wieder wegzudrängen. So war ich vorbereitet, Clemens zu begegnen. Und nun will ich die Mühle nicht weiterdrehen. Mir fehlt der Antrieb, etwas zu tun, was ich nützlich und angenehm finden, womit ich mich aber nur ablenken würde. Wozu. Um mir eine Daseinsberechtigung zu verschaffen und gleichzeitig zu wissen, es ist Selbstbetrug? Ich kann es nicht. Und ich will es auch nicht.

15. 5.

Peter. Mein richtiger alter Peter. Wie schön, dass er sich offenbar so wenig verändert hat. (›O, sagte Herr K. und erbleichte.‹) Die Stimme ist ein wenig gealtert, sein Sohn spricht wie der Vater ,früher gesprochen hat, ich dachte zuerst, Peter wäre es selbst und war enttäuscht, weil er so fremd tat.

Merkwürdig, dass man sich nach so vielen Jahren unterhalten kann, als hätte es keine Unterbrechung gegeben. Vertraut. Im Gegensatz zu Fremden weiß man, wie der Andere es meint, kann sich rasch auf ein Urteil einigen, weiß aber auch, wo die Widerborstigkeiten liegen. Das ist mit den meisten früher Gekannten nicht möglich, da gibt es manchmal verblüffende Fremdheiten, Veränderungen, die man denjenigen gar nicht zugetraut hätte, angenehme wie negative. Mit Peter kam es mir vor, als hätten wir uns ein Leben lang verständigt.

24. 6.

Ans Alter denken – ein Satz, den man immer mahnend gesagt bekam (und der jetzt wieder besonders aktuell ist!), den man in der Jugend als einen selbst nicht betreffend beiseite wischt, über den man frühestens im Mittel-Alter nachdenkt, aber da mit ihm üblicherweise immer nur das Materielle gemeint ist, bereitete er mir keine Sorgen. Ich hätte dabei an andere Menschen denken sollen – und wiederum, hätte man mich darauf hingewiesen, hätte ich es vermutlich als überflüssig abgelehnt. Ich war doch nicht auf andere angewiesen!

Kann man sich Zukunft überhaupt richtig vorstellen? Es sind Phantasien der Gegenwart, ängstliche oder wunschträumende, die mit unserer Vergangenheit verbunden sind – die Aussicht auf umstürzend Neues würde uns wahrscheinlich den Boden wegziehen.

Über die Jahre habe ich mit vielen Kollegen zusammengearbeitet, wir haben miteinander geredet (»diskutiert«), gegessen, getrunken, gefeiert, wir sind zusammen ins Theater gegangen – Freundschaften sind für mich daraus nicht entstanden. Lag das an mir? Ich war kein ungeselliger Mensch, aber ich habe mich niemandem anvertraut – und niemand hat sich mir anvertraut, außer in beruflichen Angelegenheiten. Vielleicht hätte es mich auch gar nicht interessiert, und das hat man gespürt und es lieber sein lassen.

Kathrin ist die einzige, mit der ich manchmal über Schwierigkeiten und Freuden meines Gefühlslebens geredet habe. Sie hatte offenbar auch keine Angst, ihre Bekenntnisse könnten bei mir nicht gut aufgehoben sein.

Bei dem, was ich über die Kollegen-Beziehungen gesagt habe, muss ich Meinhardt ausnehmen. Er war bei der ›Wende‹ allerdings noch nicht lange im Labor, er wurde nicht ausgemustert, und unsere kollegiale Beziehung litt nicht darunter, dass ich in eine ›höhere‹ Position kam. Mit den anderen hatte ich immer in einem DDR-typischen ›Kollektiv‹ gearbeitet, daran war er nur kurz beteiligt.

Meinhardt ist mir gegenüber durchaus mitteilungsfreudig, er hat mir von seinen Liebesnöten mit seinem Freund erzählt, seiner Angst, ihn zu verlieren – bis sie zusammenzogen. Dann kamen die Alltagsschwierigkeiten wie bei anderen auch, erträgliche, wie bei Kathrin. Meinhardt könnte ich von meinem Kummer mit Clemens berichten, aber da ist eine hohe Schwelle bei mir, er weiß ja nicht einmal, dass ich Clemens kennengelernt habe. Die ganze Zeit über, als es mit gut ging, habe ich mich nicht bei ihm gemeldet, nur er hat zwei oder drei Mal angerufen. Hätte ich ihm von meinem Glücklichsein erzählt, fiele es mir nicht so schwer, den Absturz zu beichten – dieses ohne das Vorherige ist mir unmöglich.

Mit Andreas hatte ich auf eine Freundschaft gehofft. Unsere Beziehung ging übers Bett hinaus, ohne dass es Verliebtsein oder Liebe gewesen wäre. Es sah jedenfalls so aus, als könnten wir gut befreundet miteinander sein und bleiben, nachdem die körperliche Begierde aufeinander nachließ und schließlich aufhörte, angenehmerweise bei beiden gleichzeitig, worüber wir sogar unkompliziert miteinander reden konnten. Wir trafen uns wie zuvor, gingen zusammen aus, ich wähnte mich von ihm verstanden, akzeptiert – bis ich das Verhältnis mit Georg anfing, was ich ihm nicht verschwieg. Er begann, gegen Georg zu intrigieren, rief ihn an, erzählte ihm von unserem früheren Verhältnis, und mir von Vorkommnissen (erfundenen?), die Georg einen schlechten Charakter nachsagten. Andreas' Hang zur Eifersucht hatte ich bis dahin nicht mitbekommen – er wollte nach wir vor der Erste und Einzige bei mir sein, und als ich ihn zur Rede stellte, hier bei mir zu Hause, zeigte sich noch ein andere Eigenschaft, die bis dahin erträglich gewesen war: Sein Jähzorn und die völlige Unfähigkeit, sich in so einem Moment zusammenzunehmen. Er zerschlug die Meißner Vase, in der die Rose steckte, die er mir mitgebracht hatte. Scherben, Wasserpfützen, er brüllte, knallte die Wohnungstür hinter sich zu. Als er wieder anrief, um sich zu entschuldigen, habe ich den

Hörer aufgelegt und Andreas Haber aus meinem Telefonverzeichnis eliminiert.

Heute kam eine Karte von Hilde. Ihr gehe es ›merkwürdig‹. Ob die Wohnungsübergabe reibungslos verlaufen sei. Ich werde sie anrufen.

Ich freue mich, sie zu Karlas Beisetzung wiederzusehen. Dann werde ich ihr wohl auch die Geschichte mit Karlas Tagebüchern beichten.

50.

21.7.
Ich habe mich mit Irene getroffen. Sie wollte nicht zu mir kommen. Intimitäten in einem Restaurant zu besprechen, ist zwiespältig: Unbeteiligte können mithören (die sind aber meist mit Eigenem beschäftigt), zum anderen zwingt die fremde Umgebung zur Zurücknahme.

Irene macht sich Sorgen wegen ihres Vaters (um mich scheint sie sich keine zu machen). Sie hat sogar mit ihrer Mutter darüber gesprochen, und die meint, depressive Perioden hätte er doch immer schon gehabt, er solle endlich mal zu einem Psychologen gehen. Die modernen Beichtväter. Und wenn das Tief überwunden ist? Scheut er sich vor Mitwissern? Irene ist überzeugt, dass Außenstehende nicht viel von Clemens' Gemütsverfassung mitbekommen. Sie hat ihn in so einer Phase mit seinen Kollegen zusammen erlebt, da habe er ruhig und ausgeglichen gewirkt, aber schon auf der Heimfahrt sei er wieder so abweisend und in sich gekehrt gewesen. Sie könne sich allerdings nicht, wie ihre Mutter, von früher an solche niedergedrückten Stimmungen ihres Vaters erinnern. Zwar habe er sich manchmal auffällig zurückgezogen, was ihr als Kind Respekt eingeflößt habe, aber auch ein wenig Angst. Und nach der Scheidung habe er sich eben mit ihr nur abgegeben, wenn er wohlauf war. Dann sei er heiter gewesen, habe ihr Geschichten erzählt, gesungen, habe sie mit ins Theater genommen und mit ihr Spiele gespielt, zu denen die Mutter wenig Lust zeigte.

Clemens. Die Hauptperson. Nicht ich habe Irene angerufen, um über ihn zu reden, sondern sie bat mich darum. Verbündete? Im Gegensatz zu mir ist sie auch in Zukunft seiner Liebe sicher.

Wie unglücklich müssen wir sein, um damit andere unglücklich zu machen und dadurch uns selbst noch unglücklicher? Wie viel davon hat Irene mitbekommen? Auf mich hat sie bis jetzt immer recht munter gewirkt. Sie ist immerhin Mitte Dreißig, möchte, wenn schon keinen ständigen Partner, so doch ein Kind haben – wann, frage ich mich. Als ich ihr bedeutete, dass es damit aber allmählich Zeit werde, zuckte sie mit den Schultern. Ich denke, viele junge Frauen schieben es vor sich her, bis es zu spät ist. Ich wollte kein Kind und bin jetzt nicht sicher, ob das gut war – wie ergeht es denen, die sich diesen fundamentalen Wunsch erfüllen möchten und später feststellen müssen, sie haben die Chance dafür verpasst? Irene ist eine der heutzutage öfter vorkommenden jungen Frauen, groß ist sie, schlank, hat ein hübsches Gesicht, ist modisch und gut gekleidet, selbstbewusst – man merkt diesen Frauen an, dass sie keine Geldsorgen haben, bei Männern Anklang finden und meinen, das könne immer so weitergehen. Was früher bei den meisten Frauen durch Alltagssorgen mit den Kindern an Wünschen verdeckt wurde, wird heute im Berufsstress begraben.

Irene glaubt, ihr Vater werde sich eines Tages besinnen und wieder bei mir anklopfen. Ich kann mir das nicht vorstellen, die Ablehnung war so strikt, so endgültig, das war nicht nur eine Unglückslaune.

25.7.

Einiges auf meinem Balkon gedeiht auch ohne meine Hilfe. Die Kästen neu zu bestücken, fehlt mir der Elan. Woanders blüht es besser. Trotz der jahreszeitlich verqueren Wetterlagen, die sich häufen, gedeiht doch alles unbeirrt, das undurchdringliche Grün an den Bäumen verrät noch nichts vom oftmals vorzeitigen Absterben durch die Schadstoffe in Erde und Luft. Gewiss ist, die Blätter werden sich verfärben und abfallen, um neuen fürs nächste Jahr Platz zu machen. Das kann ich, wenn ich will, noch etliche Male miterleben, ich kann es aber auch sein lassen. Mit mir oder ohne mich wird sich die Erde noch eine ganze Weile weiterdrehen und alles zyklusgemäß an die selbe oder eine ähnliche Stelle gelangen. Warum also nicht ohne mich.

An meinem Geburtstag bin ich wieder mit Kathrin essen gegangen. Was bisher wegen meiner Berufsarbeit verständlich war, erschien diesmal auch mir merkwürdig: Warum lade ich nicht mehrere Gäste zu mir nach Hause ein? Wen?, wäre die erste Frage. Alle würden vermutlich staunen, und ich käme mir komisch vor, würde ich plötzlich (›im Alter!‹) neue Sitten einführen. Also doch nicht so gesellig?

Kathrin redete von ihren Kindern, ihren Enkeln, während wir aßen – wir hatten uns länger nicht gesehen und sie hatte einiges erlebt mit ihnen –, ich habe gar nicht genau zugehört, weil ich hin und her überlegte, ob ich ihr endlich von Clemens erzählen sollte. Ich habe es nicht über mich gebracht. Das war sicher falsch, aber die Hürden, die man sich selber errichtet, sind die unüberwindlichsten. Liebe war so lange ein Tabu für mich, dass ich den Bruch erst einmal mit niemandem als Clemens teilen wollte. Ich bin eben doch eine unverbesserlich selbstbezogene Person und muss die Folgen tragen.

5.8.

Mir ist nicht nachvollziehbar, warum andere Menschen so unbedingt am Leben bleiben wollen, wenn sie unrettbares Elend beenden könnten ›mit einer Nadel bloß‹, wie Hamlet meint. Doch ›was in dem Schlaf für Träume kommen mögen‹ – die Furcht vor dem Danach spielt wahrscheinlich auch heute noch bei vielen eine Rolle. Die größte spielt die Hoffnung. Auch wenn es unübersehbar nur noch abwärts geht – die Haut schlabbert, sie gehen am Stock, sehen und hören nur noch die Hälfte, der Rücken tut weh, das Herz stolpert – sie wollen und wollen nicht aufgeben, bevor sie aufgegeben werden. Meinhardt erzählte von einer Tante, die auf dem Dorf lebt, mit Katzen und Dackel, über Achtzig ist die Frau, ihr Mann, den sie keineswegs verfluchte, ist schon vor etlichen Jahren gestorben, die Kinder sind eher nehmend als gebend, nach mehreren Bauchoperationen kann sie nun nicht mehr operiert werden, weil eine Narkose ihr Herz vermutlich nicht überstünde, sie muss Diät essen, täglich Tabletten in zweistelliger Zahl nehmen, aber das Hirn funktioniert als einziges munter – sie sagt, sie freut sich über jeden Tag, den sie noch erleben darf.

Noch könnte ich ja ein schönes Leben führen, weil all diese Deformationen mich bis jetzt nur ansatzweise beschränken – ich sehe den ›Fortschritt‹ vor mir und möchte ihn nicht ertragen müssen.

Und wenn Clemens nicht gegangen wäre?

51.

22.8.
Ich bin noch völlig benommen. Hätte nur ich ihn gesehen, fühlte ich mich jetzt vielleicht anders. Aber er hat mich auch gesehen.

Die alte Erfahrung: Was man sich in neunundneunzig verschiedenen Fassungen ausmalt, geschieht in der hundertsten Variante. Völlig unerwartet deshalb nicht, weil ich außerhalb meiner Wohnung immer darauf gefasst war, Clemens zu treffen.

Nun eben auf einem Parkplatz. Ich war soeben gekommen und ausgestiegen, er wollte sich gerade in seinen Wagen setzen und abfahren. Abstand: etwa 5 Autos. Wir standen beide wie unbeweglich, vergaßen eine ganze Zeit (die wahrscheinlich viel kürzer war als sie mir vorkam), dass wir einander doch wenigstens grüßen könnten. Ich tat es zuerst, Clemens daraufhin langsam, als überlege er, ob er zu mir herüberkommen sollte. Für mich war es der vollkommene Schrecken, auf den ich aber vorbereitet war. Wenn uns jemand beobachtet hat, muss es für denjenigen ein merkwürdiger Anblick gewesen sein: Zwei Menschen, ein Mann und eine Frau, stehen vor ihren Autos, starren sich über eine größere Entfernung eine ganze Weile an, bevor sie grüßend ihre Köpfe senken und wieder heben, der Mann in sein Auto steigt und abfährt, während die Frau stehen bleibt, ihm nachsieht und so langsam ihre Autotür schließt, dass sie gar nicht richtig zugeht, sie zuschlägt und sich entfernt, noch einmal zurückkommt und alles überprüft. Ich war wie gelähmt, auch im Hirn, obwohl es sehr beschäftigt war, aber mit anderem als dem Sichern eines Autos.

Es war weder Gleichgültigkeit noch Abwehr in seinem Blick, und den Impuls, zu mir herüberzukommen, der ja nur ein Entgegenkommen gewesen, weil ich ebenso auf ihn zu gegangen wäre, habe ich mir nicht nur eingebildet. Doch er besann sich, nickte noch einmal kurz und drehte sich, um auf dem Autositz Platz zu nehmen.

Was ist es, was ihn von mir weg treibt?

Ich war allmählich ruhiger geworden, hatte mich ein wenig an unsere Trennung gewöhnt, mich mit anderem beschäftigt, wenn auch zunehmend mit der Frage nach dem Sinn all dessen. Nun ist alles wieder da, nicht nur das vorhin Erlebte, sondern Vergangenes, vor allem er, der Mensch Clemens, mit seiner Gestalt, seinen Augen, seinen Armen, der einhüllenden Wärme, seinem Geruch – gleichzeitig mit dem schmerzenden Empfinden, dass alles verloren ist.

52.

Ob ich Weinhofers Tochter auch benachrichtige? Besser erst den Vater; der kann es ihr dann selber sagen.

In welcher Verfassung werde ich ihn antreffen? Und in welche womöglich stürzen? Ich könnte ihm schreiben oder einfach eine der gedruckten Anzeigen schicken, aber ich möchte ihn doch gern kennenlernen, ich bin neugierig auf den Menschen, der Karla so viel bedeutet hat. Vielleicht erfahre ich auch etwas über seine Gründe, sich von ihr zu trennen. Und wenn er sich entzieht? Dann kann ich es nicht ändern. Geschickt muss ich auf jeden Fall vorgehen. Wenn ich ihm am Telefon nur sage, dass ich ihm etwas Wichtiges mitzuteilen habe – er steht in der Öffentlichkeit, wer weiß, welcherart Angebote er kriegt, dem möchte ich mich nicht aussetzen. Und wenn ich ihm bloß andeute, ich wolle ihm etwas über Karla erzählen, vermutet er womöglich, sie hätte mich vorgeschickt, und er ist nicht bereit, darauf einzugehen. Dass sie nicht mehr lebt, muss ich ihm schon sagen.

Herzklopfen, als wäre ich selber in ihn verliebt. Es ist so ungewöhnlich, so außer-ordentlich. Vielleicht pumpe ich mich auf, und alles fällt zusammen, weil er gar nicht da ist. Ein bisschen feige, wünsche ich es mir, obwohl es nur ein Hinausschieben wäre. Also los!

Ich zähle, fünf Mal läutet es, ich will wieder auflegen, enttäuscht und erleichtert, da klinkt sich der Anrufbeantworter ein. Angenehm, die Stimme. Soll ich mich ankündigen?

Weinhofer. Mein Gott, er ist doch da.

Mein Name (ich nenne den Vornamen dazu) scheint ihm bekannt zu sein; Karla muss ihm öfter von mir erzählt haben oder er hat ein sehr gutes Gedächtnis. Gleich mit dem Unangenehmen beginnen, um ihn festzuhalten:

Ich muss Ihnen leider etwas Trauriges mitteilen.

Keine Reaktion ist zu hören, als ob er aufgelegt hätte.

Eigentlich hätte ich es Ihnen lieber persönlich gesagt, nicht am Telefon.

Wollen wir uns treffen?

Ja.

Er scheint zu ahnen, worum es geht, bittet mich, ihm das wenigstens zu sagen, meine Ankündigung beunruhige ihn.

Ich sage es in der kürzesten Variante, drei Wort nur.

So viel Schweigen wie in letzter Zeit habe ich selten am Telefon erlebt. Will er sich noch mit mir treffen, oder verlangt er Näheres sofort?

Er bittet mich, einen Termin vorzuschlagen, was ich ihm überlasse, weil ich frei bin. Leider könne er morgen nicht, aber tags darauf. Wieder ein Lokal, was sonst. Die geschützten Orte.

Dann erzählen Sie mir alles?

Ich verspreche es.

53.

25. 8.

Das Leben ist für mich eine leere Angelegenheit geworden. Ab und zu ein Aufflackern durch ein unerwartetes Musikerlebnis aus dem Radio, Hoffnung, die ich zu hassen beginne, ansonsten komme ich mir vor wie eine Raupe, die sich durchfrisst, ohne dass jemals ein Schmetterling aus ihr wird. Ich erledige alles mehr oder weniger mechanisch; was mich ablenken, aufmuntern könnte, widert mich an. Schmarotzerin. Glücklich, wer sich am Leben freuen kann, ohne zu seiner Ermöglichung beizutragen, einfach so, weil man ›nichts dafür kann‹ oder es sich ›verdient‹ hat, nach der Devise: Genießen, wo nur möglich. Ich weiß, das ist legitim, und wenn ich es wirklich ernst meinte mit dieserart Ablehnung, könnte ich mich, da ich gesund bin, nützlich machen, wo es gebraucht wird, und da gibt es wahrlich viele Orte. Stattdessen lahme Flügel. Lau. Erinnerungen an Clemens machen mich nur traurig – also: Wegblenden. Was mir nicht immer gelingt.

Heute kam mir wieder in den Sinn, wie sich Clemens mit den Fingern über Stirn und Kopf streicht, als wollte er Haare beiseiteschieben, die aber dort gar nicht mehr sind, seit er sie kürzer schneiden lässt (ich kenne ihn nur so). Auf alten Fotos hat er eine damals so genannte Schmachtlocke, später, als das Mode war, insgesamt längere Haare, was mir heute fremd und unpassend vorkommt. Aber die Handbewegung ist geblieben, funktionslos, für mich aber zu ihm gehörig und liebenswert. Es kann ja durchaus sein, dass sie auch mir mit den Jahren zur Gewohnheit geworden wäre und ich sie nicht mehr bewusst (und liebevoll) wahrgenommen hätte – ist das ein Grund, sich vorher zu verabschieden? Geht es ihm ohne mich besser?

26. 8.

Manchmal kommt es mir vor, als würde ich dem Leben nur noch zusehen, mich eingeschlossen. Eigenartig fremd, vor allem das, was ich seit langem kenne. Ohne besonderes Interesse beobachtend, stehe ich gewissermaßen daneben. Kathrin fragte neulich, ob ich überhaupt zuhöre (was ich tat). »Du bist immer wie weg«, sagte sie. Einerseits neben mir, habe ich etwas in mir eingeschlossen, was nicht herauskommt, auch nicht zu Kathrin. Ich glaube, ich verabschiede mich allmählich.

2. 9.

Wenn ich es ohne schönzufärben bedenke – was man allgemein beliebt nennt, war ich wohl nie. Everybody's darling ohnehin nicht, das wollte ich auch nie sein. Der Kreis derer, die mich vermissen würden, gäbe es mich nicht mehr, ist klein. Kathrin, Meinhardt sicher auch – da stocke ich schon. Ein Bedauern vielleicht bei manchen ehemaligen Kollegen, ich war geachtet, so wollte ich es auch, aber jemandem fehlen? Die berufliche Arbeit machen sowieso inzwischen andere, und als Mensch –

Arno ist mir vertraut durch die lange Zeit, wir hatten viele gute Gespräche. Dieser Bleuel würde bei den Einladungen vielleicht unsere Wortgefechte vermissen. Kathrins und Arnos Kin-

der und Enkel. Alles die eine Familie, zu der ich mich manchmal ein wenig zugehörig fühlte, weil mir eine eigene fehlt. Warum habe ich Clemens nicht eingebunden, das kommt mir jetzt wie Verrat vor. Hätten Kathrin und Arno ihn kennengelernt, wüssten sie jetzt auch, wie es um mich steht.

Vereinzelung, Absonderung. Der Mensch ist ein Herdentier, ein ›gesellschaftliches Wesen‹. Und ein Individuum. Letzterem habe ich immer den Vorzug gegeben.

3.9.

In der vergangenen Nacht habe ich wieder lange wach gelegen. Es kommt jetzt ziemlich oft vor, dass ich die Nächte mit nur wenig Schlaf verbringe. Als ob ich tagsüber nicht genügend Zeit zum Nachdenken hätte.

Ich werde das alles beenden. Ich habe kein Talent zum Glücklichsein. Oder auch nur zum Mich-zufrieden-geben. Da werden wir ganz unsentimental Schluss machen. Gut vorbereiten, damit nichts schiefgeht. Ich muss alles genau durchsehen, manches vernichten. So einen schönen alten Kachelofen könnte ich da noch mal gebrauchen. Der technische Fortschritt hinterlässt Lücken. Aber ich habe keine Eile, nach und nach kann auch einiges in der Papiertonne verschwinden, ehe ich selbst verschwinde. Ich darf dann wieder verbrannt werden. Papier wird zerschreddert. Das wurde Anfang 1990 in der Stasi-Zentrale tonnenweise gemacht – nun haben für etliche Jahre soundsoviele Menschen bezahlte Arbeit, indem sie die dünnen Streifen wieder zusammensetzen. Nichts ist vollkommen. Ich schon gar nicht. Aber wenn ich tot bin, können sie mich nicht wieder lebendig machen, ich muss nur ausreichend dafür sorgen, dass mich niemand vorzeitig findet.

7.9.

Ich werde es Kathrin zumuten, das, was übrig bleibt, zu ent- oder versorgen. Hilde kann ihr ja dabei helfen. Hildchen. Auch so ein verkorkstes Eheleben. Doch sie hat Kinder, da lässt sich manches kompensieren.

So schlecht war mein Leben doch gar nicht, warum sollte ich durch eine womöglich lange trübe Zeit die Bilanz verderben. Seit ich mich entschlossen habe, fühle ich mich wieder besser, ich bin beschäftigt, alles zu organisieren. Den Wagen werde ich kurz vorher auch verkaufen.

Bei vielem muss ich denken: Zum letzten Mal. Das wäre es sowieso irgendwann gewesen, jetzt kann ich Art und Zeitpunkt wenigstens selbst bestimmen.

54.

Wir haben kein Zeichen vereinbart, wie will er mich erkennen? Ich habe auch nur Karlas Beschreibungen gelesen.

Ich komme ein paar Minuten später, um nicht vor ihm da zu sein. Das Café ist alt, der Eingang mit schweren Filzvorhängen vor der Kälte geschützt. Drinnen ist es ein wenig dunkel, die Holztische sind ohne Decken, die meisten besetzt, eine Kerze brennt auf jedem.

Schräg gegenüber, in einer Ecke, sehe ich ihn sitzen, Weinhofer, er ist es bestimmt. Er hat meinen suchenden Blick gesehen, erhebt sich, kommt mir entgegen, Zweifel ausgeschlossen, wir nennen unsere Namen.

Karla hat ihn gut beschrieben, meine Vorstellung von ihm trifft sich mit der Wirklichkeit. Durchaus energisch, wirkt er aber auch sehr empfindsam. Etwas Trauriges strahlt er aus, was vielen Frauen an Männern gefällt, sie denken dann, sie könnten die Einzige sein, die ihn davon erlöst. Aber er sieht nicht aus wie einer, der das fleißig ausnutzt.

Während ich bestelle (Kaffee; er hat ein Kännchen Tee vor sich stehen, hoffentlich lässt er ihn jetzt nicht zu lange ziehen), beäugt er mich, dann entfernt er tatsächlich die Teebeutel, was unser Schweigen rechtfertigt. Es entsteht eine Atmosphäre, die ein eröffnendes Drumherum erübrigt. Als hätte unser Telefonat eben erst stattgefunden, fragt er:

War sie krank?

Ich schüttle den Kopf, sage ihm, was Karla gemacht hat.

Es überrascht ihn nicht. Er sagt: Mir traut man es zu – sie hat es getan.

Ich frage nicht, wer ihm das zutraut, ich versuche ihm klarzumachen, dass Karla sich nicht unbedingt seinetwegen das Leben genommen hat; dass die Trennung von ihm zwar zu dem Entschluss beitrug, sie sich aber schon vorher überflüssig vorgekommen sei.

Ob sie mir das gesagt habe.

Ich erzähle ihm von den Tagebüchern, wie ich an sie gelangt bin. Die beiden letzten habe ich mitgebracht. Ich suche nach einer entsprechenden Stelle, lege sie vor ihn hin.

Er liest, aufmerksam, angespannt, seine Augen sind weit geöffnet. Mit der rechten Hand streicht er über die Stirn, als wollte er Haare beiseite schieben … Ich nehme auf einmal das Stimmendurcheinander im Raum wahr.

Am Ende der Seite angekommen, hört er auf zu lesen, stützt seinen Ellenbogen auf den Tisch, die Stirn in die Hand und sieht, starrt vor sich hin.

Vorsichtig biete ich ihm an, das Tagebuch ganz zu lesen, auch den anderen Band.

Er schüttelt den Kopf. Das ertrüge er jetzt nicht. Vielleicht später mal. Er sieht mich nach wie vor nicht an. Ich spüre, er will mir etwas sagen, was ihm schwer fällt. Ich warte.

Ich war kurz davor, Karla wieder anzurufen.

Mein Atem setzt aus. Seine Tochter kennt ihn doch besser, denke ich. Sagen kann ich dazu nichts, ich muss erst mal wieder richtig Luft holen.

Was ist es nun, was Karla nicht mehr leben ließ? Doch nur der eine Mensch, der ihr abhanden kam? Ich kann mir ausmalen, welche Schuldgefühle Weinhofer jetzt und künftig belasten. Futter für Depressionen. Ich will es ihm trotzdem nicht ersparen:

Ich glaube, am meisten hat Karla irritiert, dass sie Ihre Gründe nicht verstehen konnte.

Er sieht mich noch immer nicht an. Ich habe sie ja selber nicht verstanden, sagt er. Er nimmt einen Schluck Tee, der offenbar noch sehr heiß ist. Ich musste mit mir ins Reine kommen, da wollte ich allein sein. Karla hatte so etwas Zupackendes, das hat mich in dem Moment gestört. Ich ahnte doch nicht … Jetzt sieht er mich an: Mein Berufsleben dauert auch nicht mehr lange, und ich hatte eine Horrorvorstellung davon, was werden würde, wenn wir beide nicht mehr arbeiten. Wahrscheinlich ist es nur die Angst vorm Altwerden.

Das letzte klingt fast verschämt, und ich bin versucht zu sagen, das geht uns doch allen so, lasse es aber, weil es verallgemeinernd wirkt und ich das Gefühl habe, das kann er jetzt nicht gebrauchen. Wenn schon Trost, dann einen, der nur ihn betrifft. Aber da fällt mir nichts ein. Eigentlich müsste ich Wut auf ihn haben, weil er durch seinen egozentrischen Rückzug auch mir die Freundin genommen hat – war es denn so? Er tut mir leid.

Sie kannten Karla schon sehr lange?

Die Bestätigung heischende Frage beantworte ich mit einem Nicken, ergänze aber: Leider nicht so gut wie ich dachte.

Wen kennt man schon, sagt Weinhofer leise, ich kann es gerade noch verstehen. Und: Ich bin gerade dabei, mich selbst kennenzulernen.

Gibt er immer so viel von sich preis? Es ist wohl der uns verbindende Verlust, der ihn mir gegenüber Hemmungen fallen lässt, die gewöhnlich längere Zeit brauchen, ehe sie überwunden werden und manchmal auch bestehen bleiben.

Ich sage ihm, dass seine Tochter prophezeit hat, er würde wieder zu Karla zurückkommen, Karla es aber als endgültig nahm.

Er habe das selber doch auch geglaubt, sagt er. Wahrscheinlich sei er wankelmütig, was er bisher nur nicht wahrgenommen habe.

Ob er nun für seine Selbsterkenntnisse professionelle Hilfe in Anspruch nimmt oder nicht, ich denke, es kann nicht schaden, wenn ich ihn mal zu uns einlade, ihm überhaupt anbiete, mich anzurufen, wenn ihm danach zumute ist.

Ich frage ihn, ob er eine Begründung dafür weiß, warum Karla mir nichts von ihm erzählt, geschweige denn uns miteinander bekannt gemacht hat.

Er hebt die Schultern. Irgendwann wollte sie Sie wohl damit überraschen.

›Wem das Herz voll ist‹ –

Er schüttelt den Kopf. Nicht bei Karla, sagt er.

Er scheint dankbar zu sein, dass ich ihm ein Wiedersehen vorschlage. Zur Beerdigung will er natürlich auch kommen, aber da seien ja gewiss auch noch andere da, und man käme zu keinem persönlichen Gespräch.

Ich denke, es gibt noch vieles, worüber wir reden könnten.

55.

9.10.

Mein Entschluss ist wie eine Befreiung von allem Bedrückenden. An Clemens denke ich ohne Verzweiflung und ohne Groll. Alles um mich herum wird mir immer fremder. Ein wenig kalt ist es, ja, aber ich sehe mich auch nicht mehr genötigt, an den erhitzenden Veranstaltungen teilzunehmen, die die Menschheit so eifrig inszeniert. Frei. Freiheit. Ohne Ironie kann ich das jetzt denken, aber auch ohne Euphorie, kühl eben. Allen Schmerz, den wir einander zufügen, werde ich nicht mehr spüren, von einem Teil bin ich schon jetzt entlastet. Nur durch wenige Fäden bin ich noch mit dem Leben verbunden, kommen Erinnerungen, an meinen Vater, immer wieder an meinen Vater. Erst als ich wusste, er ist tot, entstand das Bedürfnis, noch einmal mit ihm zu reden, zu fragen, ihn zur Rede zu stellen. Hätte ich dazu überhaupt ein Recht? Ihn zu fragen – ja, aber ihn quasi anzuklagen?

Wer könnte nach meinem Tod auf die Idee kommen, mich vor eine Art moralisches Gericht zu stellen? Das Jüngste Gericht – nichts liegt näher, als so etwas zu erfinden, um die Menschen zur Unterdrückung ihrer zerstörerischen Triebe zu verleiten. Aus Angst vor Strafe. Moral ist darin eingeschlossen. Was später die weltlichen Gerichte übernahmen und bis heute tun, ist die Ahndung der Vergehen zu Lebzeiten, abgeleitet von den christlichen Zehn Geboten. Wo dort noch von bloßem Begehren die Rede ist, beschränkt sich die Juristerei auf beweisbare Taten – was die Wünsche und Begierden betrifft, bleiben sie jedem selbst überlassen, solange er sie nicht schadenbringend anwendet. Da war man früher doch strenger (und Katholiken berichten, dass sie damit auch heute noch in Schach gehalten werden) – Gott sieht alles, heißt die Formel. Wofür würde ich beim Jüngsten Gericht angeklagt?

Habe ich mich wirklich schon so weit von allen Querelen entfernt?

16. 10.

Seltsam. Eine Nachbarin, zu der ich, wie zu allen anderen im Haus, nur einen höflichen Gruß-Kontakt habe, sprach mich heute an, als wir uns auf der Treppe begegneten: Wir wohnten doch nun schon so lange hier zusammen, ob wir uns nicht mal zu einem Kaffee treffen wollten. Sie brachte mich in Verlegenheit, das passiert mir selten. Ich habe es vage hinausgeschoben.

Es kommt mir vor, als ob ich schon nicht mehr dazugehöre. Wie hinter Glas bewegt sich alles für mich, gedämpft, auch wenn ich Eile und Hast wahrnehme, Schreie wie durch gepolsterte Türen höre. Oder bin ich es, die hinter Glas gesperrt ist?

Nüchtern nahe sind mir nur die genauen Überlegungen, die Kathrin betreffen. Kein Vergnügen, was ich ihr da zumute, ich versuche es ihr zu erleichtern, indem ich vorher erledige, was ich erledigen kann, beseitige, was ich nicht mehr brauche – aber was brauche ich noch? Ich möchte bis zum Schluss in meiner gewohnten Umgebung leben, daran hänge ich wohl doch.

Ich spüre keinerlei Trauer, weil ich das alles verlasse. Ich kann das mit der Überlegung begründen, dass ich es auch ohne mein Zutun eines Tages nicht mehr sähe, dass ich, wenn ich tot bin, ohnehin nichts mehr fühle, doch das sind Begründungen rationaler Art. Eher habe ich den Verdacht, es wird ein bisschen stumpf, weil ich mich bereits verabschiedet habe.

5. 11.

Angst? Fürchte ich mich manchmal nicht auch vor dem, was ich vorhabe? Sind meine Vorbereitungen schon so weit gediehen, dass ich nicht mehr zurück kann? Reise ins Ungewisse. Nein, das ist es nicht. Ich finde es lächerlich, in diesem Zusammenhang an Gefühle und Gedanken zu glauben, die so offensichtlich unserem Lebend-Denken entspringen. Doch manchmal wird der geplante Ablauf von einer kurzen Vorstellung unterbrochen, wie es wäre, wenn ich es noch ein Weilchen hinausschöbe. Schließlich kann ich jederzeit –

Ist das nicht genau das, was die meisten Menschen daran hindert, sich das Leben zu nehmen, wenn es ihnen miserabel geht? Fast nie hat Suizid etwas mit objektiven Bedingungen zu tun, sondern mit den niederdrückenden Gefühlen, die einen das Leben nicht mehr aushalten lassen. Aber ich meine doch, vorausschauend vernünftig zu handeln, rational –

Freitag. 16. November 2001

Morgen. Alles ist vorbereitet, ich hoffe, ich habe nichts Wesentliches übersehen.

Ich befinde mich in einem merkwürdigen Zustand. Ich war nie zum Bergsteigen, aber so ähnlich, stelle ich mir vor, ist es in der dünnen Höhenluft. Die soll euphorisierend wirken, da-

von spüre ich allerdings nichts. Eher lähmend. Ich betrachte meine Hand, die Finger bewegen sich, als ob sie nicht zu mir gehörten. Bald werden sie steif sein. Ruhe. Ich sehne mich nach ihr, obwohl ich sie, wenn sie eingetreten ist, nicht mehr genießen kann.

Zu Kathrin habe ich neulich eine Andeutung gemacht, um sie ein bisschen vorzubereiten, aber ich nehme an, sie hat mich nicht verstanden. Für den Fall, dass sie in meine Wohnung müsse, habe sie doch meine Schlüssel, erinnerte ich sie. Ob ich verreisen wolle? Ich zögerte, sagte dann aber einfach: ja. Wohin? Das wisse ich nicht. Auch diese Antwort ließ sie nicht stutzen, sie fragte weiter: Wann? Bald, habe ich zu ihr gesagt. Abschließend. Sie fragte jedenfalls nicht weiter, schien aber auch keinen Verdacht zu schöpfen. Ihr gegenüber habe ich so etwas wie ein schlechtes Gewissen. Als ob ich ihr Vertrauen missbrauchte. Allen anderen gegenüber spüre ich nichts dergleichen. Wenn ich an Clemens denke, Trauer.

Habe ich während meines Daseins mehr Schaden angerichtet als Nutzen? Eine sentimentale Frage, aber sie hat mich in letzter Zeit sehr beschäftigt. Geht sie doch davon aus, dass ich die Menschheit als etwas Bewahrenswertes betrachte, ihr, zumindest solange es sie gibt, weniger Selbstzerstörung wünsche.

Was bleibt mir noch übrig? Nichts.

Ich hatte wirklich nichts Arges vermutet. Karla redete manchmal in Andeutungen, warum sollte sie sich nicht entschlossen haben, eine profane Reise auf dieser Erde zu unternehmen, ohne schon Mitteilbares beschlossen zu haben. Ich dachte, es wird ihr gut tun.

Hat es ihr gut getan? Uns jedenfalls nicht. Wenn wir dich in ein paar Tagen in die Erde versenken, wird das noch lange kein Abschluss deiner Existenz sein, du hast so viele Abdrücke hinterlassen, die uns immer wieder an dich erinnern werden, mich, solange ich lebe.

56.

Hilde ist am Telefon, sie ist mir zuvorgekommen. Sie fragt nach Einzelheiten der Beerdigung, die wir zwar besprochen hatten, die aber ich mit dem Institut vereinbart habe.

Hilde wirkt gehemmter als ich sie kenne – ruft sie aus einem anderen Grund an? Ich kann ihr das höflicherweise nicht unterstellen, deshalb plaudere ich mit ihr über Nebensächliches, obwohl in meinem Hinterkopf ständig Karlas Tagebücher mahnen, dass ich sie ohne Hildes Wissen an mich genommen habe. Ich entschließe mich aber, es nicht jetzt, am Telefon, zu sagen, sondern wenn wir uns sehen.

Hilde meint, der Aufenthalt in Berlin sei verhängnisvoll für sie gewesen, weil sie seither ihre Kleinstadt oft als langweilig empfinde, nachträglich könne sie ihre Schwester verstehen, der die Heimat zu eng geworden sei. In Berlin ist so viel los, sagt sie. Hier kenne ich jede Bordsteinkante, was manchmal ganz beruhigend sein kann, aber auf Dauer einschläfernd. Ab und zu wolle sie mal wieder nach Berlin kommen, sich etwas Interessantes ansehen, da könne ich ihr doch bitte jeweils raten, was sich am meisten lohne. Das sichere ich ihr zu.

Pause.

Ja – noch was, sagt sie zögernd, – Kurt will mit zur Beerdigung kommen.

Sie ahnt sicher, wie überrascht ich bin. Schön, sage ich nur.

Findest du?

Warum nicht?

Ich find's ja auch schön, sagt sie erleichtert.

Es wird ein trauriger Tag werden, aber auch ein tröstlicher, weil Menschen sich zusammenfinden, die zu Karlas Lebzeiten einander vielleicht nie gesehen haben, die aber eint, dass sie ihren Tod betrauern.

Ich frage Hilde, ob ich ihr meinen Text für die Beerdigungsrede schicken soll, damit sie eventuelle Einwände vorbringen kann, aber sie lehnt ab.

Du wirst das schon machen, sagt sie.